나의 히로시마

나의 히로시마

공생의 길, 평화의 길

이실근 지음

양동숙 · 여강명 옮김

논형

나의 히로시마
공생의 길, 평화의 길

초판 1쇄 인쇄 2015년 7월 15일
초판 1쇄 발행 2015년 7월 25일

지은이 이실근
옮긴이 양동숙 · 여강명
펴낸곳 논형
펴낸이 소재두
등록번호 제2003-000019호
등록일자 2003년 3월 5일
주소 서울시 관악구 성현동 7-77 한립토이프라자 6층
전화 02-887-3561
팩스 02-887-6690
ISBN 978-89-6357-161-4 03830
값 14,000원

이 도서의 국립중앙도서관 출판예정도서목록(CIP)은 서지정보유통지원시스템 홈페이지(http://seoji.
nl.go.kr)와 국가자료공동목록시스템(http://www.nl.go.kr/kolisnet)에서 이용하실 수 있습니다.
(CIP제어번호: CIP2015018454)

원폭돔 앞에서, 월간 『이어(イオ)』 2000년 6월호 게재. 김창선(金昌宣) 촬영.

이 책은 이실근(李実根)의 자서전, 『Pride(プライド): 共生への道 私と 広島』(2006, 矽文社)를 번역한 것이다.

이실근의 자서전은 출생과 성장, 피폭체험, 민족의식의 각성, 한국전 쟁 하의 투쟁과 옥중체험, 그리고 조선인 원폭피해자운동 등, 그의 전 생 애가 담긴 책으로, 한 재일조선인의 삶을 통해 전전 · 전중 · 전후 그리고 현재를 사는 재일조선인의 역사적 행보가 전해지고 있는 명저이다.

지금까지 이실근과 히로시마현조피협의 조선인 원폭피해자운동은 한 국과 일본 어느 곳에서도 제대로 주목받지 못했다. 전후 국제연대의 경험 이 풍부하지 못했던 상황 가운데서도 원폭체험과 한국전쟁을 계기로 전 쟁과 핵무기 등에 의한 인류 절멸의 위기를 막기 위해 일본에서 재일조선 인으로는 최초로 적극적 평화운동을 전개하고, 이후 조선인 원폭피해자 운동으로 세계평화운동을 추동하는 힘을 만들어 간 그의 운동은 국경을 넘어 평화를 추구한 국제연대운동의 저력을 보여준 중요한 흐름이었다.

현재 한국과 일본은 미국의 세계군사전략에 아직도 강고하게 편입, 폭 력적 군사주의를 지향하는 한미일 군사동맹체제에 갇혀 있다. 이에 반 해 2011년 후쿠시마 원발 사고 이후 한국과 일본의 반핵사상과 운동은 반핵(무기)뿐만 아니라 인권 차원의 탈핵(원전)과 결부된 사상과 운동으 로 전진해 가고 있다. 이런 상황에서 이실근이 추구한 반전 · 반핵 · 평화 '공생의 길'은 반핵 · 탈핵운동의 길을 개척한, 세계평화운동사에서 계승

해야 할 중요한 역사적 · 정치적 유산이 아닐까 생각한다. 본서를 계기로 그의 평생에 걸친 평화운동을 향한 집념의 궤적이 한일 시민사회에 널리 소개되길 바란다.

필자는 조선인 원폭피해자 문제를 조사 · 연구하기 위해 2013년 11월부터 오사카대학 외국인초빙연구원 자격으로 일본에 머물면서 현재까지 히로시마를 자주 방문하고 있다. 그 과정에서 이실근 선생의 자서전을 읽고 처음으로 선생과 조우했다. 이후 이실근 선생에게서 의견청취 및 자료조사를 거듭해 왔다. 현재는 이실근 선생이 보관한 원폭피해자 원호운동, 원수폭 금지운동, 재일조선인운동의 역사를 기록한 막대한 수의 자료, 곧 조선인 원폭피해자의 상황이나 운동의 발자취를 이해하는 데 귀중한 자료인 소장 자료를 모아, 정리해서 출간하려고 준비 중이다.

소장 자료집 출간에 앞서 자서전이 번역 · 출간되어, 선생의 조선인 원폭피해자운동의 역사 및 그 의미를 한국의 독자와 함께 공유할 수 있어 무척 기쁘다. 이실근 선생이 2005년 피폭 60주년을 맞이하며, "많은 동지들이 세상을 떠났고, 이제 피폭자의 평균 연령도 73세가 되었다. 이제 더 이상 피폭 70년은 우리에게 없을지도 모른다'고 한 말씀이 떠오른다. 2015년, 다시 맞이한 피폭 70주년, 히로시마현조선인피폭자협회 결성 40주년, 한국어 자서전 출간이 평생 반핵 · 반전 · 평화를 위해 싸워 오신 선생의 노고와 책임감에 연대의 응답으로 화답된다면 더할 나위 없이 좋겠다.

1년 넘게 공동번역을 해오면서 우여곡절도 많았다. 공역자는 조선인 3세로, 일본에서 태어나 자란 세대다. 연구자도 힘든 번역 작업을 감당하기가 쉽지 않으리라는 사실을 최초 제안자인 나는 전혀 예측하지 못했다. 한국말과 글은 전혀 다르다는 사실을 번역과정에서 알았다. 결국 공

박옥순 여사 팔순을 맞아 촬영한 가족 기념 사진(2014년 5월 6일).
이실근 선생 옆쪽으로 장남과 며느리, 박옥순 여사 옆쪽으로 사위와 딸. 뒷줄은 손자, 손녀들.

역자 중 한 명인 권현기 씨는 개인 사정까지 맞물려 끝까지 함께 하지 못했다. 안타깝다. 하지만 이 자리를 빌려, 번역서 출간에 협력해준 데에 감사의 마음을 전하고 싶다. 한편 어렵고 피곤한 작업을 견디며, 끈기 있게 끝까지 번역을 완성해준 여강명 씨에게는 정말 고마운 마음뿐이다. 그렇지만 모든 번역작업의 전 과정을 수행하고 책임진 역자로서, 혹시 번역상의 문제가 발생한다면, 그것은 전적으로 내 책임일 것이다.

이 책의 한국어판 서문은 건강상의 이유로 이실근 선생에게서 전달받을 수 없었다. 선생을 대신해 어린 시절부터 이실근 선생과 가까이서 한 가족처럼 지낸 이영순 씨가 써주셨다. 마다않고 기꺼이 써주신 데에 깊은 감사를 드린다. 그리고 한국어 번역서에는 일본어 책에 실리지 않은 부록(참고문헌, 조피협 활동연표, 이실근의 생애와 조피협 약사)을 실었다. 이실근 선생의 약력 중 2005년 이후를 추가해 실었으며, 사진 자료도 새로 추가했다. 이 사실을 덧붙여 말해 두고 싶다.

마지막으로 이 책이 번역자만의 수고로만 이루어지지 않았음을 기억하고 싶다. 우선 이실근 선생의 가족, 특히 사모님이신 박옥순 여사, 장남 이영일 씨 내외 분, 그리고 히로시마현조피협의 김진호 이사, 이외에도 오영순 여사를 비롯한 히로시마 조선인커뮤니티 성원들께 감사의 마음을 전하고 싶다. 언제나 방문할 때마다 반갑게 맞아주시고, 거듭되는 인터뷰에도 귀찮아하지 않으시고, 자신의 경험을 후배 연구자와 공유해 주셨다. 항상 신뢰감을 보내주셨다. 그것이 연구 활동에 보이지 않는 큰 의지와 원동력이 됐으며, 큰 보람이었다. 정말 마음 깊이 감사드린다.

다음으로 일본에 체재하며 연구 기회를 제공해주신 오사카대학의 후지메 유키 선생에게 감사의 마음을 전하고 싶다. 후지메 유키 선생은 내 연구 활동에 지지와 협력을 아끼지 않으셨다. 연구방향과 정치사상에 대한 토론을 잘 이끌어주셨으며, 비판적 조언도 아끼지 않으셨다. 언제나 연구 활동에 진력하시고, 정진하는 연구자로 한국의 연구 환경에서 좀처럼 경험하지 못한 많은 가르침을 전수받았다. 선생이 지닌 경험의 깊이와 절차탁마의 수행력은 평범한 연구자인 내가 흉내 내기란 지금까지도 어렵다. 학구적 태도를 본받으려 하지만 시늉만 낼 뿐이다. 이 번역서가 후배 연구자에 대한 선생의 학문적 애정과 가르침에 조그마한 보답이 된다면 더없이 좋겠다.

히로시마여성학연구소의 다카오 기쿠에 소장을 비롯한 오카하라 씨, 그리고 현재 암 투병 중인 이사지 씨 등 연구소 회원들께도 고마움을 표현하고 싶다. 더불어 이사지 씨의 빠른 쾌유를 진심으로 빈다. 연구소 회원들과의 유대는 타국에서 2년 동안 살면서, 향수병에 걸리지 않을 수 있었던 정서적 버팀목이기도 했다. 숙소 제공 및 연구 발표의 제안 그리고 히로시마여성운동과 관련한 수많은 자료와 책들의 공유, 모든 지원을 아낌없이 보내주셨다. 깊이 감사드린다.

마지막으로 전쟁 없는 평화로운 세상을 기원하고 그런 세상을 만들고자 노력하는 모든 분들에게 이 책을 바친다. 그런 노력의 하나로 이 책을 출판해주신 출판사에도 진심으로 감사드린다. 논형 출판사 소재두 대표의 절대적 지원이 없었다면, 이 책은 출간되지 못했을 것이다. 편집팀원께도 감사드린다. 생각해보면 정말 많은 이들의 도움 덕에 자서전을 전할 수 있었다. 마음 깊이 감사드린다.

2015년 6월
오사카대학 미노오 캠퍼스에서
양동숙

재일조선인의 뿌리를 찾아…

일제 식민지 시기, 강제로 일본에 끌려간 조선인이 있었고 동시에 새 생활에 대한 희망과 꿈을 실현하기 위해 일본에 건너온 조선인도 많았다. 이후 일본에 사는 조선인을 재일조선인이라 불렀다. 나는 그 재일조선인의 후손이다.

처음 양동숙 씨가 번역 작업에 관한 이야기를 건넸을 때 나는 매우 흥미를 느꼈다. 재일조선인 3세인 내가 내 자신의 뿌리를 다시 한 번 더듬어보는 작업이 될 수 있으리라는 느낌이 들었기 때문이다.

하지만 막상 번역 작업에 착수하고 보니 일본에서 모국어를 배우고 익혀온 터라 말과 글(번역)의 차이를 느끼며, 번역이란 작업이 결코 쉽지 않은 어려운 일이라는 사실을 깨달았다. 하지만 페이지를 넘길 때마다 저자인 이실근 선생의 삶을 조금이나마 알아가며, 동시에 양동숙 씨의 조언과 지침에 따라 번역을 수행하면서, 번역 작업의 재미도 맛볼 수 있었다.

현재 일본에 사는 재일조선인의 처지는 결코 가슴을 펴고 살 수 있는 형편이 못된다. 계속되는 민족차별이 존재한다. 물론 최근에는 그것을 느끼지 못하는 조선인이 증가하고 있기는 하다. 그러나 1세가 겪은 고생이나 차별은 상상을 초월하는 일이었다. 특히 1945년 이후 한동안은 아무런 권리도 국적도 없는 '난민' 상태가 되었다. 그런 가운데서 1세는 뜻이 있는 일본 시민의 협력을 받아 또 일본 정부와의 투쟁 끝에 하나씩 권리를 쟁취해 나갔다. 그런 노력이 있었으므로 지금의 우리가 존재한다는 사실을 현재 3세, 4세 조선인은 잘 인식해야 할 것이다.

3세인 나는 식민지 지배 하의 조선에서 일제의 민족말살 정책이 하마터면 민족정신까지도 빼앗길 수 있는 사상 유례없는 정책이었다는 사실을 이실근 선생의 체험에서 알게 되었다. 하지만 민족정신을 모두 빼앗지는 못했던 일제는 전쟁에서 패하고, 일본에 계속 사는 조선인도 민족정신을 회복해, 새로운 운동에 투신한다. 그 결과 반 세기가 넘는 지금까지도 권리획득, 옹호투쟁이 계속 존속되고 있으며, 오늘날의 재일조선인 커뮤니티가 형성될 수 있었다. 이렇듯 번역 작업을 통해 나는 내 자신의 뿌리에 대해 다시 배울 수 있었다.

또한 히로시마에 사는 나는 원폭문제도 감각적으로 가깝게 체감하고 있던 터였다. 하지만 이실근 선생의 실제 체험은 내가 들어온 이야기나 보았던 자료와 동일해도 그것들 보다 더 생생하게 다가왔다. 원수금운동에 정력적으로 참여하신 이실근 선생의 활동은 우리 세대가 이어가야 하며, 인류 공동의 과제와 맞닿아 있다는 사실을 모두가 잊지 않았으면 한다.

히로시마에서
여강명(려강명, 呂剛明)

고향을 등지고 이국살이 한 지 백 년이 넘어 일본에 건너 온 재일조선인은 이제 5~6세까지 그 뿌리를 내렸습니다. 나라 자체가 망국의 심한 몸살을 앓고 있었으니 이국살이 해외 동포들에게 그 고통은 오죽했겠습니까?

이 책은 암흑의 시대, 갖은 멸시와 차별 속에서 나고 자랐으나 굴하지 않고 민족의 정체성을 견지하며, '조국과 민족은 나의 생명'으로 간주, 팔순이 넘는 오늘날까지 완강하게 싸워오신 이실근 선생의 삶의 기록이자 역사적인 증언서라 할 수 있습니다.

남북 원폭피해자의 권리회복투쟁은 선생의 투쟁 가운데서도 큰 위치를 차지하는 특기할 투쟁이나, 이를 포함한 선생의 모든 투쟁은 결국은 전 민족의 오랜 소망인 남북통일 실현으로 귀착될 것입니다.

『나의 히로시마』(원제:『PRIDE 共生への道』)가 이목을 끌어 우리 글로 출판된다니 그 의의를 크게 느낍니다. 일제 식민지 후과가 이제껏 가시지 않으며 민족분단의 비극이 계속 되고 있는 현재, 그 원인을 이해하며 선생의 큰 희생을 동반한 삶과 투쟁 경위의 경험이 오래오래 민족수난의 기록으로, 역사의 기억으로 남기를 확신합니다.

도쿄에서
이영순 · 재일여성평화운동가

서문

　이 책은 귀중한 역사 자료입니다. 식민지 지배를 받은 한 조선인의 전전, 전후 체험이라는 점에서 흥미로울 뿐만 아니라, 피폭자이기도 한 이실근 선생이 피폭 체험으로 조선인 피폭자의 권리회복운동에도 관여했다는 이중의 의미에서 귀중한 자료입니다. 조선인 차별로부터의 해방과 피폭자의 권리회복이란 보편적 가치를 획득하려 한 싸움의 경과는 이실근 선생만이 묘사할 수 있습니다.

　이실근 선생은 성격이 밝고 정직하며, 동시에 정의감 넘친다는 사실은 이 책을 통해 모두가 느낄 수 있으리라 생각합니다. 민족운동과 피폭자운동에 관여했어도 교조적인 대응에 함몰하지 않은 점은 매력적입니다. 2002년 6월(고이즈미(小泉) 수상 제1차 북한 방문 3개월 전), 저는 일본변호사연합회 조사위원회의 회원으로 이실근 선생의 안내를 받아 북한을 방문했고, 총 14명의 재조피폭자와 면담했습니다. 의료와 생활상태가 곤란하다는 사실은 누가 봐도 알 수 있었습니다. 그런데 한 피폭자가 '나는 혜택으로 무료 치료를 받아 만족한다. 개인적인 요구는 없다'고 말했습니다. 우리를 받아준 협회 간부가 있는 앞에서 이실근 선생은 돌연 화를 내며, '그런 형식적인 말 들으러 온 게 아니다. 정말로 그것으로 됐는가?'라고 추궁했습니다. 그 결과, 피해자는 피부에 생긴 짓무른 상처를 치료하기 위해 방문을 닫고는, '유황을 피울 뿐이다', '지금까지 받은 고통, 일본정부에게 개인보상을 요구하고 싶다'는 본심을 말해준 일도 있습니다. 정치적으로 자유롭지 못하다고 생각된 장소에서조차 자신의 신념을 굽히려 하지 않은 이실근 선생의 진면목이었습니다.

원래 일본이 저지른 침략과 식민지 지배로 아시아인이 받은 전쟁범죄 (731 부대 등의 학살, 점령지 주민의 강제연행, 성적 박해, 재산의 박탈, 종군위안부 문제 등)의 개별 피해자에게 일본은 사죄만이 아니라 피해 회복을 위한 '전후보상'을 해야만 합니다. 그 중 사할린 잔류 한국인 문제나 대만군인 · 군속 문제, 그리고 재한피폭자 문제는 어느 정도 진전이 있었습니다. 하지만 재조피폭자 문제는 일절 지원이 이루어지지 않고 있습니다. 일본 정부에게 변명의 여지가 없는 일입니다. 일본에서는 평판이 좋지 않은 북한이지만, 그곳에 존재하는 전쟁 피해자의 구제야말로, 일본의 책임으로 우선 해결해야만 합니다. 이실근 선생은 그 일을 위한 정말로 소중한 사람입니다.

다카키 겐이치(高木健一) · 변호사

프롤로그

세 살 날의 은행나무

아아, 여기다. 온몸에 소름이 돋았다. 작은 절의 산문을 빠져 나간 순간, 3살의 어느 날로부터 내 안에 하루하루 쌓아온 73년 세월이 한 순간 예기치 못한 시간 여행으로 빠져버렸다. 올려다본 큰 은행나무는 황금 잎을 걸치고, 지면에는 융단처럼 깔려 빛나고 있다. 야! 잘 돌아왔다!고 내게 말을 건넨다.

73살의 가을, 문득 어린 날의 한 시기를 보냈던 작은 절을 찾아보고 싶은 생각이 들었다. 태어난 고향인 야마구치현 도요우라군(山口県豊浦郡). 그곳에 지금도 있을 그 절을 찾아내고 싶어서, 하나하나 걸어 돌아다녔다. 그때, 그 절, 그 은행나무는 아직 살아 있을까? 다시 한 번 보고 싶다. 그런 일념에 네 번째로 빠져나간 산문, 눈앞에 그 나무가 바로 나를 맞아주고 있었다.

'정토진종 효운사(浄土真宗暁雲寺)'. 외아들의 자립을 원하던 어머니가 아직 어린 세 살인 나를 맡긴 산사(山寺). 나는 세 살 아이로 돌아가, 그때 그곳에 그대로 서 있었다. 기억의 거처 안에서, 내 인생의 행보는 바로 이 장소에서 시작되었다. 스님의 분부로 손에 비를 들고 은행잎을 모으려고 이곳에 서 있었던 나를, 그날도 이 큰 은행나무가 내려다보고 있었다.

놀고 싶은 마음 가득한 나는 쓰레질을 하라는 스님의 분부도 한 귀로 듣고 한 귀로 흘리기. 바로 새로운 놀이를 문득 떠올리며 일도 금방 잊어버리기 일쑤였다. 어느 날, 조그마한 내가 멀리 뿌리에서 볼 때 느꼈던 그 은행나무의 크기, 빽빽이 황금빛으로 물든 잎들. 쓰레질 따위는 뒷전이다! 무념인 채 누워서 본 호화로운 낙엽의 융단. 올려다본 은행나무 저편에 펼쳐져 있던 새파란 하늘. 아아, 기분 좋다! 어느새 잠들어 버린 걸까…. 이제와서 그때 꿈 속에서 본 듯한, 나의 긴 파란만장한 70여 년의 이야기는 여기서 시작한다.

세살 때 맡겨진 효운사(曉雲寺)

차례

1장

아버지와 어머니

일본의 아이로 살다

전진해야만 하는 길

아버지와 어머니

살 길을 찾아서

대일본제국이 청일, 러일전쟁에서 승리한 후 대한제국을 '한일병합조약'으로 식민지화 한 시기는 1910년이었다. 내가 태어나기 19년 전 일이다. 그 전 해는 안중근(安重根)이 조선총독 이토 히로부미(伊藤博文)를 암살한 사건이 일어난 해다. 그 사건을 계기로 '한일병합' 이후 저항운동은 날로 격화되었다. 마침내 운동은 조선 전체로 확산되고, 1919년 '3·1독립운동'[1]으로 이어졌다. 2백만 명에 달하는 거대한 독립운동이 조선 전토를 휩쓸었다. 하지만 군경의 탄압으로 사망자 7천 명, 체포자 5만 명이 발생했고, 조선은 유혈의 바다로 물들었다.

내가 태어난 1929년에 이르러서도 독립을 요구하는 민중운동은 쇠퇴하지 않았다. 뉴욕 월가의 주가가 대폭락한 '암흑의 목요일'을 발단으로

---

1) 3·1독립운동: 1919년 3월 1일, 서울(당시 경성) 중심부인 파고다 공원에서 33명의 독립운동가가 낭독한 '독립선언'이 발단이 되어 일반시민 군중이 '독립만세'를 외치며 시위행동을 전개했다. 운동은 전 조선반도로 퍼져나갔다. 조선총독부는 수 개월에 걸쳐 전개된 운동에 경찰, 군대를 투입해 탄압했고, 많은 사상자를 냈다.

세계는 대공황에 빠지고, 열흘 후 조선 남부 도시에서 '광주학생운동[2]'이 일어났다. 그러나 일본의 식민지 지배를 위한 조선총독부는 설치 당시부터 혹심한 무단통치로 조선 민중의 독립운동을 탄압했다. 초대통감인 데라우치(寺内)는 '조선인은 일본법을 따를지, 아니면 죽음을 택할지 하나를 선택하라'고 선언했다. 총독부는 '토지조사사업[3]', '산미증식계획[4]', '조선교육령[5]', '신사참배[6]' 등 식민지정책을 잇따라 발령하고 조선인의 생활기반을 가차없이 파괴했다.

1911년 시작된 '토지조사사업'으로 수탈된 조선의 토지는 537만 8천 정보에 달하고, 고향에서 생활기반을 잃은 많은 조선인이 바다 넘어 살길을 찾아 일본을 향해 건너왔다. 그 첫 번째 물결에 젊은 시절의 아버지 이일

2) 광주학생운동: 1929년 11월 3일, 학생의 독립운동. 일본 지배에 저항하는 대표적인 민족해방운동이며 곧이어 전국 학생의 반수를 넘는 4천 명의 봉기로 발전했다.

3) 토지조사사업: 식민지배 하에서 일본은 토지조사사업 명목으로 농민의 토지를 신고하도록 했다. 토지소유관계를 근대적으로 정리한다는 구실로 추진되었다. 하지만 신고 절차가 복잡하고 까다로웠고, 일제에 비협조적인 반일 감정도 있어 많은 농민이 신고를 거부했다. 그 결과 미신고된 토지를 소유주 없는 토지로 만들어 총독부가 소유했다. 또한 종래 왕실이나 공공기관에 속했던 많은 토지를 총독부가 자신의 소유로 만들었다. 전국에 분포된 일족(一族)의 토지나 마을의 공유지도 대부분 몰수했다. 조선총독부는 몰수한 농지를 동양척식주식회사(東洋拓殖株式会社) 등 일본인이 경영하는 토지회사에 팔아넘기거나 한국에 건너온 일본인에게 싼값으로 넘겼다. 그 결과 한국의 농민들은 한층 가난해졌고, 새로운 생활양식(糧食)을 얻으러 국외로 이주하는 사람도 많았다.

4) 산미증식계획: 1918년 쌀 소동에서도 알 수 있는 바, 당시 일본의 식량위기는 중대한 사회문제였다. 따라서 국내 식량부족의 보충을 위해 일본은 조선을 다작형복합농업에서 쌀 중심의 단작형농업으로 전환을 요구했다. 이 시기 일본으로 보내는 쌀 수출량은 약 4배에 달했지만, 생산해도 쌀은 일본으로만 가고, 본인들 입으로는 들어오지 않고, 생산하면 할수록 농민은 굶주리는 구조가 되었다. 그런 가운데 일터를 잃은 농민이 일을 구하러 일본으로 건너가지 않을 수 없었다.

5) 조선교육령: 1910년(메이지 43년), 조선을 합병한 일본은 이듬해 조선교육령을 공포. 제5조 '보통교육은 보통의 지식·기능을 가르치며 특히 국민된 성격을 함양하고 국어보급을 목적으로 한다'였다. '국어'는 일본어를 의미한다. 이후 조선은 1945년 8월까지 일본어교육을 실시했다. 수업은 실제 40%가 국어시간이었다.

6) 신사참배: 식민지 조선에서 조선총독부가 신사참배를 의무화하는 방침을 제출했다.

윤(李一允)도 있었다. 아마도 다이쇼(大正)말, 1923년 간토(關東) 대지진 즈음이 아닐까 싶다. 당시 일본에 건너온 조선인은 8만 명 이상이라 한다.

아버지는 연안 이 씨(延安 李氏)이며 어머니는 함안 조 씨(咸安 趙氏)로 경상도의 명문 출신이다.

아버지는 1895년 10월 27일, 경상남도 의령군 의령면 대산리(宜寧郡 宜寧面 大山里)에서 태어났다. 남쪽에 인접한 함안과 함께 고대 가야국의 고도(古都)였지만, 곡창지대기도 하고 토지조사사업이 시작된 초기부터 일본인이 한꺼번에 와서 조상 대대로 넘겨받은 토지를 수탈해갔다. 명문 출신의 아버지라 해도 고향에서 토지를 빼앗긴 식민지 민족이 살아갈 길은 한결같이 엄혹했다. 가족이 살아갈 방법을 찾아서 아버지는 일본으로 건너왔다.

당시 '장사하려면 나니와노쿠니(浪速の国)[7], 배우려면 교노미야코(京の都)[8], 출세하려면 에도노마치(江戸の街)[9]'라는 유행어가 있어서 아버지는 처음에 교토로 간 듯싶다. 이미 고향에서 혼례를 치렀으나 살림을 위해 얼마 안되는 여비를 갖고 혼자 교토로 건너왔다. 그러나 일본어도 모르거니와 가진 기술도 없는 아버지는 일자리를 얻을 수 없었다. 실의에 잠긴 채 귀향하러 시모노세키(下関)로 향했으나, 그곳에서 만난 동포가 '고향에 가도 살기 어렵다'고 말해 어쩌지 못하고 그곳에서 밭농사라도 찾으러 다닌 곳이 우츠이무라(内日村)였다. 시모노세끼에서 걸어서 한 시간쯤이면 닿는 가장 가까운 산촌이었다. 나는 이제 와서 왜 아버지는

---

7) 오사카의 옛말.(역주)

8) 교토의 옛말.(역주)

9) 도쿄의 옛말.(역주)

그곳을 골랐을까라고 생각할 때가 있다. 아마도 아버지는 그곳에서 고향 의령의 모습을 봤을런지도 모른다. 내륙부의 벽촌과도 같은 고요한 분지. 이국 땅에서 갈 곳 없이 어쩔 줄 모르던 젊은 날의 아버지의 눈에 그곳은 불쑥 고향을 떠올리게 하는 풍경으로 비쳐졌을런지도 모른다.

그 마을에서 친절한 사람들을 만나, 아버지는 숯구이의 세밀한 방법, 산에서 나무 보는 방법, 숯가마 만드는 방법, 이익 올리는 방법까지 친절히 배웠다. 마을 사람이 권유한 대로 아버지는 숯을 굽기 위한 작은 십표요(十俵窯)[10]를 차리고, 숯구이를 시작했다. 산여울 용수로 겸 농기구방을 빌려 오막살이를 했다. 그렇게 겨우 살림을 꾸려 가족을 불렀다. 아버지는 이미 타계했기에 어머니와 아내, 둘이었다. 뒤를 쫓듯 동생가족을 비롯해 친척 일동이 숯구이에 의지해 우츠이무라로 대거 왔다. 여기가 내 생가가 되었다.

야마구치현(山口県)은 조선을 향한 현관구(玄関口)인 시모노세키를 중심으로 여기저기 조선인 촌락이 형성되었다. 안온한 우츠이무라에도 어느덧 2천 3, 4백 명의 조선인이 이주했다. 그 가운데는 숯구이를 하는 자, 농업을 하는 자, 또한 죠후(長府)의 야마모토구미(山本組)라는 조선인 대장 밑에서 간선도로 토목공사 일을 하는 노동자도 있었다. 작은 농기구방인 내 집은 어느덧 일숙일반(一宿一飯)[11]의 은의(恩義)를 베푸는 동포의 임시 숙소가 되기도 했다.

내가 갓 태어났을 적에 어떤 가난한 나그네가 내 집에 묵었다. 나온 식

---

10) 10섬의 가마. (역주)

11) 하룻밤을 자고 한 끼 식사 대접 받음. (역주)

사를 끝내고 젓가락을 놓아두면서, 나그네가 문득 물었다.

"이 아기의 이름은 뭐라 합니까?"

"순조(純祚)라고 합니다."

어머니가 대답하니, 나그네는 가만히 머리를 아래로 향한 채 잠시 생각에 잠겼다.

"이렇게 신세를 졌는데, 제가 보답할 길이 없습니다. 대신 이 애의 이름을 지어드리고 싶습니다."

무엇을 말할지 흥미로왔던 양친은 나그네의 얼굴을 들여다봤다.

"어떤 폭풍우 속에서도 '뿌리(根)'만 뻗으면 언젠가 싹이 트고 '열매(実)'를 맺을 것입니다. '실근(実根)'. 이렇게 명명(命名)하면 이 애는 평생 먹는 데는 고생 안 할 것입니다."

나그네는 붓을 들어 달필(達筆)로 한 번에 그 이름을 썼다. 아버지도 어머니도 순식간에 그 이름이 마음에 들어 감사를 표하고, 예언자 같은 나그네를 환송했다. 이렇게 해서 내 이름이 결정되었다.

'실근'이라는 내 이름은 본명이지만 당시는 '창씨개명'[12]이라 해서 조선인은 모두 조선명을 버리고 일본명을 써야 했다. '김(金)', '오(吳)', '채(蔡)' 등의 성에 한 글자 더해서 '가네다(金田)', '구레야마(吳山)', '사이모토(蔡本)'라고 짓거나, 본관이나 고향의 지명을 사용해 '호시야마(星山)', '오오야마(大山)', '오오타(大田)'라 하거나 살던 토지의 특징을 따서 '가와우에(川上)', '우에다(上田)' 등이라 지었다. 그런데 우츠이무라의 연안 이 씨(延安 李氏)의 경우는 후자로 산촌에 터를 잡았다 해서 '야마무라(山村)'라 했다. 아버지, 일윤은 '야마무라 산기치(山村三吉)', 후에 건너 온 아버

---

12) 창씨개명: 조선인을 일본으로 동화시키는 정책의 일환으로 성(姓)을 일본식으로 바꾸도록 강요했다.

지 동생은 '야마무라 다로우(山村太郎)'라고 이름을 고쳤다. '산기치(三吉)'라는 이름은 쌀에 붙은 검고 자그마한 벌레로 '먹는 데는 고생 안하는 사람'이라는 뜻 같은데, 그런 의미를 담아 이름을 지었을지도 모른다. 마을 사람들은 아버지를 '산기치상(三吉さん)'이라 친근하게 불렀다. 콧수염을 기른 온후, 온화한 얼굴 생김새로 술 한 잔이면 취해버리는 진실한 사람이었다. 산기치상이 웃으면 그 곳이 화목해지며, 그 웃음은 사람을 끄는 매력이 있었으니 인심도 후했다. 훗날 우츠이(内日), 나라사키(楢崎), 오카에다(岡枝), 도요히가시(豊東), 네 군데 마을의 협화회 회장으로 취임했는데, 회장이면서도 거만은 티끌만치도 없었으며, 겸손하고 검소한 생활 태도도 전혀 변하지 않았다.

당시 조선인이 그렇게 학대 받는 중에도 마을관청 등에서는 아버지를 귀하게 여겼다. 그것은 아버지가 조선 출신이라 그랬던 것 같다. 조선의 명문 출신이라 일본 당국에게 뽑힌 아버지는 일본의 작은 마을에서 조선인을 묶어세우는 정점에 위치했다.

한편 동생, 다로우(太郎)는 우츠이무라에서 제일가는 망나니로 '겐카 다로우(喧嘩太郎)[13]'라 욕을 먹었다. 늘 중절모를 쓰고, 잘 차려 입은 양복 차림에 회중시계의 금줄을 잘랑잘랑거리며, 시력이 나쁘지도 않은 데 금테안경을 쓴 사치스러운 모습으로, 당시 고급품이었던 28형(形), 대형 자전거를 타고 다녔다. 땀을 흘리며 일한 적도 없고, 술도 잘 마시며, 여자에게 인기도 많아서, 맞서는 상대에게는 주먹을 먹이는 망나니였지만, 어쩐지 익살스러운 성미로 미워할 수 없는 성격의 소유자였다. 형에 비하면 미남이라는 사실 밖에는 장점이 없는 동생이었으나, 그런 동생을

---

13) 싸움꾼 다로우.(역주)

아버지는 '쓸모없는 놈이로군!' 하고 말하면서도 뒤로는 지지하고, 귀여워했던 것 같다.

아버지도 어머니도 매일 산에 올라가 집에 없었기에 할머니 손에 이끌려 자주 다로우 삼촌집에 가서 놀았다. 숙모에게도 자주 신세를 졌다. 열다섯 살에 시집온 젊은 숙모였는데 좋은 사람이었다. 국도(国道) 옆, 큰집에서 살았는데, 숙모의 친정이 돈 있는 집이 아니었나 싶다. 친척 중에는 열 손가락 전부 가락지를 긴 채 기다란 담뱃대로 뻐끔뻐끔 담배 피우는 아주머니도 있었다. 두려움을 모르는 막무가내 삼촌이었으나 그래도 형에게는 절대복종이라도 하듯, 아버지가 협화회 회장이 된 후 언제나 옆에 자리를 잡고 '산기치의 동생이다!'라고 말할 정도로 허장성세를 부렸다.

내 일본명은 어머니가 '실근(実根)', '근(根)'자를 좀 바꾸어 '근아'라고 불렀으나 마을사람들은 '겐'으로 들렸던 모양이다. 어느덧 '겐짱(ケンちゃん)'이라 불렸다. 나중에 '건강한 사람이 되라'는 염원을 담아 '겐이치(健一)'가 되었다.

소학교 입학 전, 야마세(山瀬)에서 우에다(植田)로 이사를 갔는데, 입학할 새도 없이 근처 약방 아저씨가 나를 불러 앉혀놓고 진지한 얼굴로 이렇게 말했다.

"너는 착한 아이로구나. 단 한 명뿐인 정직한 애이니 겐이치보다 쇼우이치(正一)가 딱 맞다고 생각하는데 어떠니?"

나도 어쩐지 그 이름이 마음에 들어서 집에 돌아와 부모님께 그 얘기를 전했다. 그 후 내 이름을 '야마무라 쇼우이치(山村正一)'로 바꿨다. '창씨개명'이란 그 정도 선이었다.

1910년의 '한일합병조약'을 계기로 형성된 '재일조선인'. 당시 일본에 거주하던 조선인은 오직 1천 명 남짓했지만, 일본의 식민지 지배로 토

지나 산림을 **빼앗긴** 20년 말에는 120만여 명으로 불어나, 45년 8월, 일본 패전 당시는 240만 명 가까운 조선인이 일본에 거주해야만 하는 상황이 되었다. '인간강도'처럼 사람사냥을 당해 일본에 온 '강제연행자'들은 탄광, 광산, 댐, 굴, 도로공사, 일본 각지의 군사시설 등에서 '센진(鮮人)', '한토진(半島人)', '닌니쿠(ニンニク)[14]' 등으로 멸시받으며, 혹독하게 고문당하거나 학살당했다. 심지어 '종군위안부'를 포함해 약 60만 명에 달하는 조선인이 군인, 군속으로 침략전쟁에 동원되어, 반 수 이상이 희생되었다. 히로시마(広島), 나가사키(長崎)에서 생활한 조선인은 '원자폭탄'을 맞아 두 도시 합쳐 약 7만 명이 피복, 4만 수천 명이 희생되었다. 또 북쪽 끝, 지난날 일본 지배 하에 있던 사할린은 전시 중 강제연행된 4만 3천 명의 조선인 중 지금도 4만 명이 버림받은 채로 있다.

사람은 태어난 이상 생명을 다할 때까지 살아나가야 한다. 토지를 **빼**앗겨 고향을 버리고 선조와 부모에게서 받은 이름까지 바꾼다해도 생명이 있는 한 살려고 한다. 그것이 이 세상에 생을 받은 자의 숙명이다. 주어진 운명을 고이 받아안고 오직 정직하게 살려고 한 아버지, 어머니. 그 고난의 한 생을 이 나이 되어 되돌아보니 내 마음에 세찬 파도가 인다.

아버지의 등

조선 양반[15]의 명문출신, 또한 성격도 온순하고 솔직하니 일본인, 조선

---

14) 마늘.(역주)

15) 양반: 고려가 국가를 건설할 때, 당(唐)·송(宋)의 관료제도를 참고하면서, 문신(문반)과 무신(무반), 두 개의 반으로 구성된 관료제도를 채용했다. 두 일을 양(両)이라는 글자로도 나타내므로 두 개의 반을 합쳐서 양반이라 불렀다. 이씨(李氏) 조선시대는 양민(両班, 中人, 常人)과 천민(奴婢, 白丁)으로 구분되는데, 신분계급의 최상위에 위치한 귀족계급이 양반에 해당된다.(『한국성씨대관(韓国姓氏大観)』, 서울 창조사, 192p.「연안 이씨(延安 李氏)」참조)

인에게도 신뢰가 두터웠던 아버지는 당시 황민화 정책에도 이용되었다. 1930년대부터 재일조선인을 통괄하는 통제기관인 '협화회'가 전국에 조직되었다. 아버지는 우츠이무라 협화회 회장으로 추대되었다. 그것은 거절할 수 없는 명령이었다. 아버지는 경찰서도 자주 출입했다. 정부가 경찰을 통해 협화회로 명령을 하달했기 때문이다. 멋쟁이 관료나 공무원도 늘 집을 찾아왔다. 협화회 회장은 그런 의미로도 저명한 특별 존재였다. 나는 회장의 자식으로 마을에서 '야마무라의 아드님'으로 통했다.

6첩 1칸 방의 동쪽 벽 윗단에 아마테라스오오미카미(天照大御神)[16]를 모시는 선반이 있었다. 그 아래는 메이지(明治)천황, 다이쇼(大正)천황, 쇼와(昭和)천황의 사진이 걸려있다. 매일 아침 '신'에게 박수치며 요배했다. 한 달에 한 번은 신사도 참배한다. '동방요배', '신사참배'의 강요였다.

31년 '만주사변', 이듬해 '상해사변'으로 만주국 건국에 성공한 일본은 33년 국제연합 탈퇴. 36년 일어난 '2·26사건'으로 군국화에 박차를 가하고, 37년 마침내 '중일전쟁'에 돌입했다. 독일은 히틀러, 이탈리아는 뭇솔리니 독재자가 출현해, 파시즘이 대두. '일본, 독일, 이탈리아 삼국동맹'의 탄생으로 결정적으로 세계는 이극화로 치닫고, 39년 독일의 폴란드 침공으로 드디어 '제2차 세계대전'의 화염에 휩싸였다.

처음 마을에 들어설 때, 10섬 가마로 시작한 숯구이였으나 전선 확대로 목탄 수요가 급증했다. 군부의 요청에 응해, 20섬, 30섬 가마, 점점 크게 해야만 했다. 숯가마는 속이 비었고, 기둥이 없어서 불이 일 때 천장이 무너지기라도 하면, 큰 화재가 발생한다. 그런 일도 몇 번 있었지만 점점 가마 제작 방법도 외워, 마지막에는 150가마의 숯을 만드는 대가마를 3개소, 4개소를 소유하기까지 했다. 자기 혼자서 할 수 없으므로 작업

---

16) 일본 신화에서 해의 여신, 일본 황실의 제1대 선조.(역주)

원도 점점 늘리고, 아버지는 작업장 대장이 되어, 스스로 숯을 굽는 한편 지도나 점검으로 산 속에서 분주했다.

1940년은 진무(神武)천황 즉위 2천 6백 년 되는 해로, '기원 2천 6백 년'을 경축하는 대제(大祭)가 전국에서 개최되었다.

그리고 기념으로 2,600의 마지막 숫자 '0'을 가지고 명명한 '제로시키 간조센토우키(零式艦上戰鬪機)[17]'가 탄생했다. 이른바 '제로센(ゼロ戰)'이 었다. 그 해 나는 소학교 6학년생이었다. 학교에서 집에 돌아와보니 동쪽 벽에 보기 드문 근사한 액자틀이 걸려 있었다.

'야마무라 산기치(山村三吉) 전(殿), 귀전(貴殿)
이 전투기 한 대를 헌납해주셔서, 이에 감사의 뜻을 표합니다.
야마구치현 지사(知事) 사사키 요시토(佐々木芳遠)'

너무 훌륭하고 환한 감사장과는 대조적으로 아버지는 감사장에 등을 돌린 채, 맥없이 앉아 있었다.

"결국 숯을 구워도 구워도, 너희들을 행복하게 해줄 수 없단 말이다. 이 따위 것들 때문에…."

그렇게 조선어로 중얼거리던 아버지.

그 등이 당시는 생각지 못했던 아버지의 깊은 서글픔이라 생각하니 지금 내 가슴이 에인다. 아버지는 그 후 동쪽 벽을 향해 예를 표해 절하지 않았다.

당시 돈으로 전투기 한 대가 8만 엔. 지금 가치로 환산하면 8천 만 엔 정도 될까. 아버지가 회장을 맡은 4개 마을 협화회의 수천 명의 조선인

---

17) 제로식 함상전투기로 제2차 세계대전 당시 일본 해군의 주력 전투기.(역주)

이 구슬땀을 흘리며 일해서, 겨우 얻은 거라곤 이 감사장 한 장이었으니, 아버지의 어쩔수 없는 분함, 허무함이야 오죽했을까. 그때 나는 어려서 이해할 수도 없었다.

아버지가 폐결핵으로 쓰러진 때는 감사장을 받고난 후 얼마 지나지 않아서였다. 일시 귀국한 조선에서 급성 폐렴에 걸려, 관부연락선(関釜連絡船)을 타고 시모노세키에 도착하자마자 그대로 택시를 타고 집에 왔다. 그 후 입퇴원을 거듭하는 오랜 투병 생활 끝에 1966년 7월 사망했다. 나이 73세였다. 조국의 땅을 더는 밟지 못하고….

70세 넘어 나는 처음으로 아버지가 태어난 고향을 찾았다. 의령군 대산리(宜寧郡 大山里). 핏줄을 이은 연안 이 씨(延安 李氏)는 이제 없었다. 그러나 대략 아버지가 살던 때와 동일한 평화롭고 느긋한 농촌 풍경은 펼쳐져 있었다.

"우리의 고향 대산리는 정말 좋은 곳일세. 우리 연안 이 씨 세력이 강했거든. 산이 있고 강이 흐르고 어르신들이 연초를 넣은 담뱃대(煙管)를 빨며 편히 얘기 나누고… 정말 평온한 곳일세…."

내가 어렸을 때, 아버지가 폐렴의 고열로 정신이 흐려지면서 헛소리처럼 말한 고향의 풍경…감개무량으로 말할 수 없는 생각이 떠올라 망연자실해버렸다.

아버지는 대체 어떤 생각으로 이 아름다운 고향을 등졌는가. 외아들인 내게 많은 얘기는 않고, 오직 묵묵히 계속 일만 하신 아버지. 밤늦게 살짝 『춘향전』이나 『심청전』을 노래하듯 읽었던 아버지. 아버지는 여기서 태어나, 여기서 일본으로 건너왔다. 나는 그저 사방을 둘러보는 일밖에 할 수 없었고, 날은 저물었다. 그리고 발 밑의 흙 한 줌을 봉투에 담고 소중히 호주머니에 넣어 돌아왔다. 일본에 돌아와서 야마구치현에 있는 아버지 묘지에 참배하러 갔을 때, 그 흙을 뿌려 덮어줬다.

"아버지 고향에 다녀왔어요. 대산리의 흙이예요."

조금은 공양(供養)이 됐을까.

하얀 저고리의 통곡

"일본에 와서 하루도 마음 편할 날이 없었다."

일본에 건너와 70여 년, 그 후 단 한 번도 조국 땅을 밟지 못한 채, 1989년 마침내 이국 땅에서 90년의 생애를 끝맺은 어머니의 분노와 슬픔에 찬 최후의 말이었다.

이 말은 결코 어머니 한 사람의 말이 아니며, 이제까지 일본에서 무념의 생애를 끝맺은 수많은 재일조선인, 모두의 공통 감정이리라.

조선 양반의 명문 출신인 어머니. 이름은 조봉순(趙鳳順)이었다. 당시 무릇 어느 집이나 그랬듯이 우리집도 마찬가지로 철저한 남존여비 관습을 고수했다. 어머니도 '여자'라는 이유만으로 하녀처럼 취급받아 식사 때는 방으로 올라가는 일도 허용되지 않아, 토방에 앉아 식사했다. 그런 시대였다.

아버지도 어머니도 매일 매일 아침 일찍 집을 떠나, 밤이 어두워져서야 돌아왔다. 나와 여동생은 쓸쓸했기에 자주 캄캄한 시골길을 손잡고 마중 나갔다. 캄캄한 밤길을 향해 저쪽을 가만히 뚫어지듯 보면, 멀리서 달까닥달까닥 목탄을 실은 달구지 소리가 울려온다. 등불도 그 어떤 것도 없으니 모습은 좀처럼 보이지 않는다. 기다리다 못해 큰 소리로 '어머니!'라 부르면 산에 그 소리가 메아리쳐 울린다. 잠시 후 어머니의 대답이 되돌아온다. 우리는 기뻐서 달려가 어머니에게 매달린 채 달구지를 밀고 당기며, 활기차게 돌아오곤 했다.

어느 날 집에 돌아오니 여느 때라면 집에 없을 어머니가 집에 있었다. 정말 슬픈 표정을 지으며 고개를 숙이고 노래인지 속삭임인지 분간할 수 없는 혼잣말을 읊조렸다. 하얀 저고리를 입고 마치 어머니, 자체의 등불이 꺼져버릴 듯 쥐 죽은 듯 조용한 모습이었다.

"어머니 뭔 일이예요?"

아무 말도 없다. 잠시 후 결심한 듯, 벌떡 일어나 희고 작은 보따리를 갖고 뒷산으로 걸어가기 시작했다. 나는 걱정스러워 뒤를 따라갔다. 뒤돌아 본 어머니는 무서운 얼굴로 외치듯 말했다.

"따라오지 마라. 집에 가거라!"

그러자 난 더욱 걱정스러워 누가 뭐라해도 따라가야만 하는 상황이 되었다. 약간 높은 산 위에 도달하니 양지바른 좋은 장소를 골라 작은 괭이로 땅을 파고 가져온 작은 보따리를 넌지시 두고 위에 흙을 덮기 시작했다. '대체 무엇을 하고 있나?' 나는 그저 어리둥절해 보기만 했다. 어머니는 그사이 땅에 주먹을 내리치면서 "아이고! 아이고!"하며 대성통곡하기 시작했다. 그 소리가 어찌나 슬프게 느껴졌는지… 언제나 상냥하고 굳센 어머니 밖에 본 적 없던 나는 어리둥절해서 "어머니 왜 이래요? 무슨 일이예요?"

거듭 물었다.

한바탕 실컷 운 어머니는 정신을 바로 잡고 나를 힘껏 껴안으며 이렇게 말했다.

"이건 네 남동생이야. 잘 봐두렴."

그리고 작은 돌을 주어와 그 위에 넌지시 놓았다.

나는 그렇게 슬피 우는 사람의 울음소리를 이후 한 번도 들어본 적이 없다. 그 소리는 지금도 내 마음 저 깊은 곳에서 떠나질 않는다. 해를 거듭할 수록 강한 기억으로 되살아온다. 노예처럼 중노동의 나날 속에서 어쩔 수 없이 두 번의 유산(流産)을 해야 했던 어머니. 그날 이래로 어머니의 밝은 웃음은 사라졌다.

일본의 아이로 살다

할머니의 가르침

나는 굉장한 '할멧코(ハルメっこ)[18]'였다. 친할머니와 지내는 일이 많았던 어릴 적에, 할머니는 나를 무릎 위에 앉혀놓고 몸을 흔들면서 늘 이렇게 물었다.

"네 이름은 뭐지?"

"이(李)예요."

나는 대답했다.

"어디 이(李)지?"

"연안 이예요."

"연안 이, 누구?"

"실근(実根)이예요."

"그럼 네 아버지 이름은?"

"이일윤(李一允)이예요."

"그럼 어머니 이름은?"

"조봉순(趙鳳順)이예요."

---

18) 할머니를 좋아하는 아이. (역주)

"그럼 이 할머니 이름은?"

"김일(金一)이예요."

"그래, 잘 했어요."

늘 상냥하게 칭찬해줬다.

일본에서 민족말살의 정책 와중에도 할머니는 우리가 조선인이라는 사실을 잊지 않도록 종종 이렇게 내게 물었다. '연안 이(延安の李)'처럼 가계의 뿌리, 본관을 중시하는 점도 조선 고유의 특징이다.

"조선사람으로 긍지를 잊지 말아라!"

그것이야말로 할머니가 내게 가르치고 싶었던 게 아닐까.

태어난 곳

1929년 6월 22일, 야마구치현 시모노세끼시 동북 방향의 다베가와(田部川)와 기쿠가와(菊川)가 교차하는 우츠이(内日)댐 기슭에 위치한, 당시 도요우라군(豊浦郡) 우츠이무라 야마세(内日村山瀬)라 불린 곳에서 나는 태어났다. 사방이 산으로 둘러싸인 고구마 모양의 작은 분지였다. 북쪽의 작은 산에 오르면 현해탄(玄界灘)이 보이며, 남쪽의 언덕에 오르면 세토나이카이(瀬戸内海)가 한눈에 보였다.

당시 야마구치현은 침략한지 얼마 안된 아시아 대륙의 현관구였고, 배외국수주의 색채가 강해 유난히 시모노세키 근처의 소학교는 군국주의 교육이 활발히 행해졌다. 내가 다닌 우츠이 진죠 고등소학교(内日尋常高等小学校)도 아동은 3학년부터 매년 죠후(長府)에 위치한 노기(乃木)대장의 생가가 있는 노기신사(乃木神社)로 소풍가서 '충군애국(忠君愛

国)'의 정신을 주입 받았고, 군인 지향을 고무시키는 교육을 받았다. 5월 27일, '해군기념일[19]'이면, 전교생은 북쪽 요시미(吉見)라는 고개로 이끌려 올라간다. 그곳에서 선생님은 옛날 러일전쟁에서 일본이 승리한 사실을 낭랑하게 이야기하면서 남자는 훌륭한 군인이 되어야만 한다고 가르쳤다.

내가 태어난 집은 일본인 농기구집이었다. 아버지가 산에서 베온 나무로 기둥을 세우고, 지붕은 짚을 접어 날지 못하도록 새끼로 꽁꽁 동여맨 닭장과 같은 곳이었다.

그곳에서 조모, 양친, 나, 여동생 다섯이 살았다. 태풍이라도 올 것 같으면, 천정 등이 없는 것처럼 쏴쏴 폭포같이 물이 흘러내렸다.

나는 그런 가난 속에서도 유교심이 강한 조선 가족의 외아들로 애지중지 사랑을 받고 자랐다. 부모님은 어떻게든 나를 사람답게 떳떳이 키워야겠다고 생각했음에 틀림없다. 여동생 일녀(一女)도 태어났고, 가난해서 다섯이 배를 곯지않고 살기가 힘든 사정도 있어서였는지 모르나, 모두(冒頭)에 썼듯이 부모님은 나를 집 근처 오래된 절간에 세 살부터 다섯 살까지 2년간 맡겼다. 아직 예의범절을 익히기에는 너무 어린 나이였지만 그래도 자립심의 뿌리가 그곳에서 심어졌다고 할 수 있지 않을까.

'정토진종 효운사(淨土眞宗 曉雲寺)'라는 절간이었다. 뜨락에는 큰 은행나무가 두 그루가 있고, 가을이면 낙엽이 노란 융단처럼 내려 쌓인다. 나는 일과로서 낙엽을 비로 쓸어내는 일을 맡았다. 처음엔 똑부러지게 했지만 곧 떨어지는 융단은 절호의 놀이터로 변해버린다. 스님은 그런

---

19) 해군기념일: 메이지 38년 5월 27일, 러일전쟁으로 도고 헤하치로(東郷平八郎)가 발틱 함대를 격침했다.

나를 넓은 불당으로 데려가 정좌시키고 꾸짖었다. 무섭고 무서운 스님이었으나 나는 왠지 따뜻함을 느꼈다. 무서운데 도망쳐 나가고 싶다는 생각은 없었다. 그런 신기한 매력에 사로잡힌 절간의 생활이었다.

아버지가 숯구이용 나무를 구하러 이동해야 해서, 같은 마을인 우에다(植田)라는 곳으로 이사갔다. 야마세에서 수 킬로미터 떨어진 곳이라 절에서도 멀어져, 난 가족 곁으로 원래대로 돌아왔다. 내 절간살이도 끝났다. 다음은 그야말로 닭방을 빌린 생활이었다. 팔첩 정도의 흙을 굳혀 토방으로 사용했고, 온돌도 만들었다. 겨울은 밥을 지은 잔불을 이용해 방을 따뜻하게 데워, 그대로 잤다. 여름은 토방을 시원하게 해두고 싶어 좀 떨어진 곳에 가마를 만들어 밥을 지었다. 합리적인 생활이었다. 여기도 역시 지붕이 얄팍해서 폭풍치는 날이면 집안에서 우산을 써야 했다.

그곳에서 일곱 살이 되었다. 아이들끼리의 생활에서는 가난도 차별도 없었다. 난 근처에 사는 일본 아이와 친했다. 그 아이는 나보다 한 살 위인 여덟 살이었다. 소학교에 입학할 때, '겐짱(健ちゃん)'이랑 함께가 아니면 학교에 안 갈거야'라며 발버둥질해서 부모가 함께 가달라고 부탁하러 왔다. 그래서 난 1년 일찍 소학교에 입학했다. 옛날은 좀 태평스러웠다고나 할까. 나는 그렇게 소학교에 다니기 시작했다.

재일조선인의 아이로 태어나면서 외아들로 한가롭고 귀하게 자란 나는 다음으로 소학교라는 곳에서 일본인으로 교육을 받게 되었다.

소학교의 황민교육

나는 곧바로 일본인으로서, 황민화 교육을 받았다.

1935년 봄, 소학교에 들어가 처음 배우는 1학년 교과서는 '사이타 사이

타 사쿠라가 사이타 스스메 스스메 헤이타이 스스메 시로지니 아카쿠 히노마루 소메테(咲いた咲いた桜が咲いた, 進め進め兵隊進め, 白地に赤く日の丸進め)[20]로 시작한다.

일본은 예로부터 '하나와 사쿠라기 히토와 부시(花は桜木人は武士)[21]'라 불렸다. 벚꽃의 아름다움은 단숨에 피고지는 데 있다. 군인도 나라를 위해 꽃잎 지듯, 단숨에 지자는 뜻이다.

철저한 '보우쇼우쵸(暴支膺懲)[22]'를 추진했다. '횡포한 중국인'을 혼내서 일본인으로 동화시키려고 했다. 교문에 들어서면 니노미야 긴지로(二宮金次郎)의 동상이 있고, 더 안으로 가면 '봉안전(奉安殿)[23]', 그 문을 열면 오동나무 상자 안에 '교육칙어(敎育勅語)[24]'가 들어 있었다. 교장선생님은 손때가 묻지 않도록 새하얀 장갑을 끼고 그 족자(巻物)를 꺼내 봉독(奉讀)한다. 모두 고개 숙이고 일심부동(一心不動)으로 듣는다. 맞은 편 히노마루(日の丸)[25]와 천황폐하의 사진(御眞影)이 걸려있다. 이 전부를 일체화해서, 매일 아침마다 반복한다.

'훌륭한 일본사람이 되라. 나라를 위해서, 천황폐하를 위해서 다 바칠 수 있는 사람이 되라.' 이렇게 매일매일 계속 교육 받는다.

학교는 매일 '황국신민서사(皇国臣民の誓詞, 아동용)'를 한 글자도 틀

---

20) 피었네, 피었네, 벚꽃이 피었네, 나가자, 나가자 병대(兵隊)로 나가자, 히노마루를 가슴에 새기며 나가자!(역주)

21) 꽃은 벚꽃, 사람은 무사가 으뜸이라는 뜻.(역주)

22) 暴支膺懲: 횡포한 중국인을 혼내고 평화로운 일본을 만들려고 전 국민에게 확산시킨 사상.

23) 奉安殿: '고신에(御眞影)'(천황과 황후의 사진)와 칙어등본(勅語謄本, 교육칙어의 사본)을 넣는 철근 콘크리트로 제작된 작은 건물.

24) 敎育勅語: 메이지 23년(1890년)에 발포된 '메이지 천황의 말씀'으로 국민도덕의 절대기준이 되었다. 이듬해 '소학교축일대제일의식규정(小学校祝日大祭日儀式規定)' 제정. 학교에서 '초상(ご眞影)'과 '교육칙어(敎育勅語)'는 가장 신성한 존재였다.

25) 태양을 본뜬 붉은 동그라미의 일본국기, 일장기(日章旗)로 일본 군국주의의 상징.(역주)

리지 않게 외우도록 했다.

1. 저희는 대일본제국의 신민입니다.
2. 저희는 마음을 모아 천황폐하께 충성을 다하겠습니다.
3. 저희는 인고(忍苦) 단련해서 훌륭하고 강한 국민이 되겠습니다.

나도 모르는 사이, 나는 대일본제국의 국민이고 대일본제국의 소년이라는 생각이 주입되었다. 어렸기에 의문을 갖지도 못했다. 차츰 조선인이라는 민족의식도 희박해졌다. 학년이 올라갈수록 '나는 장차 천황폐하께 충성을 다하고 나라를 위해 일하는 훌륭한 노기대장과 같은 육군대장이 될거야'라는 꿈까지 꿨다.

'민족의식'이란 대체 무엇일까. 교육의 두려움을 지금에 와서야 느끼지 않을 수 없다. 나는 조선사람이면서 일본의 아이로 철저한 황민교육을 받았다. 따라서 자신의 근저에 있는 민족의식조차도 조선과 일본으로 어쩔 수 없이 분열되었다. 이는 재일로 자라난 아이들의 숙명이며 이것이야말로 무엇보다 가장 서글픈 비극이었다.

당당하게 사는 형제

아버지를 의지해 조선에서 많은 동포가 도일해 왔다. 어디까지 진짜 친척인지 분간할 수는 없었으나, 조선인의 팔에는 흑점(黑点)같은 먹(刺靑)을 새겨넣어 마치 문신처럼 '형제의 의(義)'를 맺는 풍습이 있었다. 그런 우리 친척 가운데 내게 강렬한 인상을 남긴 가족이 있었다.

내가 '고모'라 불렀던 최 아줌마였다. 고모는 수만(壽萬), 우만(又萬)이라는 두 자식이 있었다. 수만은 나보다 다섯 살, 우만은 세 살 위로 같은 소학교에 다녔다. 둘 모두 고등과 2년 때, 전교생을 대표하는 아동회장을 맡았다. 조선인이 아동회장이 된 사실 자체가 이미 대단한 일이었지만, 이 형제는 누구나가 인정하지 않을 수 없는 굉장한 능력을 갖고 있었다. 공부는 물론이고 씨름을 해도 마라톤을 해도 단연 1등이었고, 그들이 누군가에게 진 적은 단 한 번도 없었다. 전교생이 동경과 선망의 눈길로 바라보는 슈퍼히어로였다.

처음 그 형제네 집에 놀러갔을 때, 나는 내 눈을 의심했다. 마을 서쪽 끝, 소나무 숲속에 최 일가가 살았다. 정말 집이라고는 말할 수 없을 그저 소나무에 멍석을 길게 걸치기만 한 살림집이었다. 소나무와 소나무를 대나무로 이어 위에 거적이나 혹은 짚을 덮어서 지붕을 만들고 마루는 단지 땅 위에 목편을 따로 손대지 않은 채로 펴놓고 있을 뿐이었다. 그리고 음식이라고는 보리가 약간 들어간 죽이 주식, 반찬은 간장을 친 생마늘뿐이었다.

그러나 그런 가운데서도 형제는 내가 전혀 알 수 없는 어려운 책을 많이 갖춰놓고 필사로 공부했다. 특히 우만(又萬) 형은 등하교 시에 언제나 니노미야 긴지로(二宮金次郎)처럼 걸으면서 책을 읽었다.

"형은 크면 뭐 될래?"

"난 변호사가 될거야. 그래서 열심히 공부한다."

인간 이하의 가혹한 생활 가운데서도 누구도 따라오지 못하는 재능을 갖고 오직 노력해 간 형들. 그들은 창씨개명도 안 했다. 학교에서 졸업할 때까지 최수만, 최우만이란 이름으로 통했다.

아직 어려서 동경 이상의 마음은 못 가졌던 나였지만 조선인으로서, 민족의 자긍심을 끝끝내 지킨 이 가족의 삶의 양식을 나는 후에도 몇 번이나 상기하며 내 마음의 기둥으로 삼았다.

야마노 오토키치(山野音吉) 선생님

소학교 6학년이 되던 어느 날 담임인 야마노 오토키치 선생님이 한 사람 한 사람 학생을 차례로 불러서 "너는 크면 무엇이 될래?"라고 물었다.

나는 즉각 대답했다.

"예, 장차 육군대장이 되겠습니다!"

그러자 선생님은 무뚝뚝한 얼굴로 이렇게 말했다.

"너는 잠깐 저기 서 있어라. 잠시 후에 다시 부를테니까."

전원 면접이 끝난 후 호출하더니 이렇게 또 말했다.

"야마무라(山村), 내가 언제 네게 군인이 되라고 말했니?"

나는 순간 말문이 막혔다. 확실히 선생님이 자넨 크면 군인이 되시오라고 가르치지 않았다. 그러나 1학년부터 계속 조선인도 일본인도 나라를 위해 모두 바칠 수 있는 사람이 되라, 중국을 쳐부수고 동양평화에 기여할 수 있는 사람이 되라고 배우며 자라 왔다. 나라를 위해 모두 바칠 수 있는 일이란 우리에게는 무엇보다도 '군인'이었다. 그런데 선생님은…

마음속으로는 '무슨 말씀을 하시는 거야!'라고 생각했지만, 선생님에게 반항할 수 없었다. 최대한의 저항은 묵묵히 잠자코 서 있는 일이었다.

그러자 선생님은 더욱이 "어때!"하고 되물었다.

"그럼 선생님, 제가 무엇이 되면 좋겠습니까?"

"너는 크면 관리가 되거라."

"관리가 무엇입니까?"

"관리란 마을의 역장(役場)에서 근무하는 사람을 말한다."

입밖으로는 안 나왔지만, 마음속으로는 '뭐야 그게!' 하고 부아가 치밀어올랐다. 관리라니 당치도 않다! 그런데서 다시 조선인이라 멸시받고 구박받으면 참기 어렵다.

나는 훌륭한 군인이 되어, 강한 사람이 될거야. 하지만 선생은 내가 군인되는 것을 마뜩잖아 했다. 그래서 중학교가 아니라 상업학교 진학을 권유했다.

"너는 중학교는 안되므로, 상업학교에 가거라."

"싫습니다. 난 중학교에 가고 싶습니다! 아사(厚狹)중학교에 가겠습니다!"

나는 친구에게 물어 비밀리에 중학교 입학원서를 제출하고 내맘대로 시험을 치뤘다. 합격발표 날, 부모님에게도 선생님에게도 말 안 하고 혼자서 소학교에 결과를 보러 갔다. 그랬더니 벽에 붙은 합격자 번호 가운데 내 번호가 있었다! 이게 정말인가? 그래, 누군가 어른에게 확인을 부탁하자. 다른 학생의 어머니를 붙잡고 확인을 부탁했다.

"아주머니, 아주머니, 저기 써 있는 번호, 합격자 번호죠?"

"그렇단다. 저거 네 번호니?"

"그렇습니다!"

너무 기뻐서 어쩔 줄 모르고 날아올랐다. 그리고 다섯 시간 걸리는 길을 어떻게 왔는지, 무아지경 상태로 기차에 오르고, 자전거를 타고 그대로 야마노 선생님 댁으로 갔다.

"선생님, 저 합격했습니다!"

"무엇에 합격했는가?"

"저 중학교에 합격했습니다!"

선생님은 순간 뭐? 하는 듯한 얼굴을 하고 내 얼굴을 찬찬히 봤다. 그리고 나서 큰 손바닥으로 나의 삭발머리를 어루만졌다.

"그래. 잘했구나. 오늘 밤, 여섯 시 넘으면 아버지와 함께 오거라."

그날 밤, 아버지와 함께 찾아가니 탁상에는 이제까지 본 적 없는 진수

성찬이 차려져 있었다. 참치회, 신선한 쑥갓이 얹어진 술국, 데운 술. 선생님은 아버지에게 술을 따라주고, 내게도 마시라고 술을 따라줬다.

"야마무라 군, 합격을 축하한다. 앞날을 축복하며 건배!"

정말로 맛있게 맛있게 들이마셨다. 그날 밤 일은 평생 잊을 수 없는 추억이다.

중학교의 군국교육

훌륭한 군인이 되고 싶다. 꿈을 안고 입학한 아사중학교였다. 하지만 학교는 대여섯 시간이나 걸릴 정도로 멀어서, 입학 당시는 새벽 2시, 3시에 일어나 통학했다. 매일 그렇게 다니기는 역시 너무 힘들었다. 마침내 가족 전원이 아사로 이사했다. 외아들을 위해 정말 할 수 있는 일은 다 해준 아버지였다. 고생해서 만든 가마를 모두 동생과 숙부에게 맡기고 일을 뒷전으로 미뤄두고 아사로 나온 때는 반 년 후였다. 그러나 도시의 아사에는 숯구이인 아버지가 할 수 있는 일이란 없었다. 가계는 급격히 기울었고, 어려워져 순식간에 빈털터리로 전락했다. 아버지는 다시 고생의 길로 접어들었다.

시골의 학교와는 전혀 다른 중학교에 흥미가 많았던 나는 처음엔 재미있어서 의기양양하게 학교를 다녔다.

여기서 나는 '군인칙론(軍人勅論)'을 철저히 배웠다.

'우리 군대는 대대로 천황이 통솔하신다.'

그러므로 천황에 대해

1. 군인은 충절을 다할 것을 본분으로 한다.

6학년 때의 나.

1. 군인은 예의를 바로한다.
1. 군인은 무술을 존중한다.
1. 군인은 신의를 중시한다.
1. 군인은 검소를 뜻으로 한다.

이 5개조를 매일매일 반복해 제창해야 했다. 아이들을 천황 군대의 후비(卵)로 교육하던 시대였다.

중학교 배속장교인 사바(佐波) 중위란 자가 있었다. 기다란 군도(軍刀)를 찬 도깨비처럼 무섭게 생긴 장교였다. 나는 중학교에서도 야마무라 쇼우이치(山村正一)로 통했기에 처음에는 확실히 조선인인지 알지 못했을텐데, 어떤 순간에 사실을 알아차렸던 것 같다.

어느 날 모두 앞에서 이렇게 말했다.

"이 안에 센징(鮮人)의 아이가 있다!"

나는 움찔했다.

"센징의 아이! 손 들고 나와라!"

할 수 없이 하라는 대로 나갔다. 그때부터 '차별적 군국주의 교육'의 시작이었다.

"이 센징의 아이를 짱꼴라[26]라 생각하고 찌르는 연습을 한다!"

처음에는 대나무 인형을 만들어 했는데, 끝날 때는 내게 검도복을 입혀 하기 시작했다.

"먼저 선생님이 본보기로 해볼테니, 너희도 따라하거라!"

큰 성인이, 게다가 군인 대장부가 찔러대니, 조금도 견딜 수가 없었다. 뒤집히고 또 뒤집히고 몇 번이나 당했다. 그리고는 반 친구들을 한줄로 세워, 핫~핫~ 하며 계속 시킨다. 하지만 반 친구들은 역시 동무라서 그렇게 세게는 찔러대지 못했다. 그러면 선생님은 다시 뛰어와 그 친구를 때렸다.

"임마! 그렇게 해서 지나인(支那人)을 죽일 수 있겠나! 짱꼴라를 죽일 때는 더 세게 찔러야 돼!"

친구들도 선생님에게 자주 따귀를 맞았다. 나도 몸에 상처가 생겨서 검붉게 부어올랐다. 이제 더 학교에 갈 기력도 없어져, 고민 끝에 아버지와 상담해봤지만, 아버지는 들어가기 힘든 중학교에 모처럼 입학했으니 어떻게든 더 버텨보라고 했다. 그때 난 어머니와 함께 목욕 중이었다. 고에

---

26) 청일전쟁 이래 승승장구 하던 일본인이 중국인을 업신여기며 부르던 말. '중국인'의 중국어 발음인 '쭝꿔런'이 변음된 말.(역주)

몽부로(五衛門風呂)[27]에서 내 몸을 본 어머니는 자칫하다 아들이 죽게 될는지 모른다고 생각했던 것 같다. 학교에 가라는 아버지 앞에서 나를 끌어안고 이렇게 말했다.

"이제 절대 학교에 보내지 않을테요. 내가 이 애를 지킬랍니다!"

그래서 결국 겨우 2년 남짓 중학교를 다니다 중퇴했다. 14살하고 반년이 지났을 때였다.

 피폭

암거래 쌀(闇米)을 팔다

아버지는 학교를 그만둔 나를 염려해서, 아사 역에서 조역을 하던 친한 친구, 이즈미(泉) 씨에게 상담을 청했다.

"모처럼 그렇게 좋은 중학교에 들어갔는데 아깝지 않나. 좋아, 내가 맡을세."

나는 아사 역에서 일할 기회를 얻었다. 아직 난 체구도 작고 할 수 있는 일도 없어서 역에서 아나운서 시중 드는 일을 맡았다. 역 플랫폼에서 메가폰을 잡고 서서 안내하는 일이었다.

"오랫동안 기다리셨습니다. 잠시 후 하행 3번선, 시모노세끼행 보통열차가 도착하겠습니다. 위험하오니 발 아래 노란선으로부터 뒤로 물러서서 기다려주십시오."

이런 식으로 안내했다. 열차가 역에 도착하면 이렇게 말했다.

"아사, 아사, 미네센(美祢線) 쇼우묘우이치(正明市) 방면, 환승~"

---

27) 오래 전에 사용하던 철로 된 욕조.(역주)

점점 익숙해지면 이런 식으로도 했다.

"아사, 아사, 밤에 도착해도 아사(厚狹)[28]."

물론 엄청 혼나고 머리 한 대 맞는 일은 당연지사.

그러나 철도는 인신사고도 많이 일어나는 곳이었다. 어느 날 화물의 조역이 연결 작업 중 사고를 당해, 머리를 부딪혀 사망했다. 목전에서 그 모습을 본 나는 이제 그 광경이 눈에 어른거리며 사라지지 않자, 너무 무서워 일하러 가기가 싫어졌다. 다시 아버지가 이즈미 씨와 상담을 했는데, 이즈미 씨는 친절한 사람으로 아직 어리니까 어쩔 수 없다고 말해줬다.

"야마무라 군, 그럼 그렇게 사고가 많이 나지 않는 시골 역에 가겠니? 거기서 성실히 일할래?"

이렇게 말하고, 내 근무지를 미네센(美祢線)의 시게야스(重安) 역으로 바꿔줬다. 그곳은 그렇게 바쁘지 않은 느긋한 시골 역이었다.

그 당시 히메지(姬路)를 기준으로 동쪽에 있는 역은 하루에 석 장의 차표만 팔 수 있었다. 시게야스 역은 히메지 동쪽에 있는 역이었다. 시게야스 역 근처에 석탄 캐는 함바(飯場)가 있었다. 1943년 말 경부터 44년에 걸쳐 간사이(関西) 사투리를 쓰는 조선인이 점차 밀려들어 그곳에서 생활했다. 조선인은 그때까지 한신(阪神)지방에서 생활해 왔으나 학대받은 자의 본능으로 일본 패전을 일찌감치 알아차리고, 패전하면 조금이라도 조국에 빨리 귀국하려고 시모노세끼나 센자키(仙崎) 근처로 도망쳐 왔다. 그런 젊은이가 매일매일 역에 와서 차표를 일곱 장, 여덟 장 달라고 조른다. 그러나 이쪽도 결정 사항이 있으니 아무리 팔라고 말을 해도 팔지 못한다고 했다. 그러자 바깥으로 부르더니 이렇게 말했다.

---

28) 일본어에서 朝(あさ)는 아침이라는 뜻으로 아사 역 이름과 발음이 동일.(역주)

"거짓말! 너 우리말 못 알아듣나!"

그렇게 말해도 석 장밖에 없어서 그 이상은 팔지 못했다.

"너 한대 맞을래? 어떻게든 융통해 봐!"

이렇게 위협했다. 보기에 조선인이란 사실은 알았으므로, 어느 날 물었다.

"당신들, 조선인인가?"

"그런데 뭐 어쩔래?"

"나도 조선인이야…"

"에! 너도 조선인이야? 그럼 빨리 말해야지. 멍청한 자식."

내심, 너희들, 어지간히 멍청하구나라고 생각하며 잠자코 있으니, 이렇게 말 걸어온다.

"그럼 더욱더 융통해라."

"뭔 말이야! 내 위에는 사사가 있다. 조역도 역장도 있다. 그런 일 하면 내가 해고된다."

그래도 어떻게 안되느냐고 집요하게 물어, 나도 모르는 새로운 다른 방법이 없나 함께 생각하는 데까지 이르렀다.

그렇다. 역은 여기만이 아니라 옆에도 그 옆에도 있다. 그 역들에서 석 장씩은 살 수 있다. 석 장씩 세 역에서 사면 아홉 장이 된다.

"아아, 그거 좋은 생각이다. 너 그거 사다줄 수 없느냐?"

"아아, 그거라면 어떻게 할 수 있소."

이웃하는 양쪽 역의 여자 동료에게 전화를 걸어 차표를 구입 해달라고 했다.

그렇게 차표를 사는 과정에서 나는 궁금한 점을 물어봤다.

"당신들 그렇게 자주 고베(神戸), 산노미야(三ノ宮)에 가서, 대체 무엇을 하오?"

"안 돼, 큰 소리로는 말 못하지만. 실은 쌀 팔고 다녀."

"시골에서 쌀을 사서 거기 가서 팔아 생활을 하는 거야."

"왜 고베 아니면 안 되오?"

"고베시 나가타쿠(長田區)에 피차별부락이 있어서 거기에 가면, 경찰에게 밀고 안하고 비싸게 사주니까. 걱정 없이 팔 수 있소. 당신도 한 번 가보겠소?"

"아니요, 난 일이 있으니까…"

"일이라 해도 매일은 아니잖소. 휴일도 있고."

"그거야 그렇지만…"

집에 와서 상담하니, 아사에 온 후로 일이 없어 난처했던 아버지도 찬성하며, 자! 그럼 해보자!라고 결론지었다. 아버지와 여동생, 그 외 여러 사람에게 권유해, 장보러 가는 부대가 조직되었다. 시골 쌀을 사러 가는 일은 할머니와 어머니가 맡았다. 싸게 산 쌀을 한 사람 당 네 말(四斗, 약 60키로)씩 갖고 팔러 갔다. 배낭에 두 말씩 넣고 그 위에 다시 다섯 홉(升)을 실고, 남은 한 말 다섯 홉을 두 개로 나누어 손에 쥐었다. 기차에 타면 곧 좌석 밑, 화장실 천정 위에 감췄다. 그 일을 내가 비번(非番)인 날을 골라 결행했다.

그날은 밤 7시에 열차를 탔다. 산노미야까지 12시간의 먼 여정이었다. 아침 7시에 산노미야에 도착한 후 나가타쿠 피차별부락까지 걸었다. 그곳에는 '저울질의 프로'인 친절한 아줌마가 있는데, 쌀을 사줬지만, 대체 어떻게 하는지 무거운 짐을 실고 온 우리를 위해, 늘쌍 얼마간의 쌀을 남겨서 밥을 지어줘 고생한 우리를 위로해줬다. 반찬은 매실장아찌나 소금

물에 절인 야채를 간장에 졸인 반찬을 내주었다. 쌀을 남기게 저울질하는 기술은 '프로'밖에 못하는 예술이었다. 옛날 이런 마법사 같은 아줌마, 아저씨가 여기저기 있었던 듯 싶다. 아줌마 집에서 네다섯 시간 잠을 청하고, 그날 밤 7시 산노미야에서 열차를 타면, 이튿날 7시면 돌아올 수 있었다. 산노미야까지 오가는 산요센(山陽線)에서 경찰에 잡힌 적은 없으나, 그 후 더 비싸게 팔린다는 소식을 듣고 도호쿠혼센(東北本線)에 탔을 때는 들켜서 쌀을 몰수당하는 쓴 맛을 본 적도 있었다. 그러나 그 시기 조선인이 살아가기 위해서는 이런 일밖에 없었다. 한 번 맛본 후 그것은 내 일상이 되었다. 가족의 암거래 쌀매매는 피폭의 날까지 계속 이어졌다.

버릴 수 없었던 꿈

그러던 어느 날 나는 충격적인 만남을 가졌다. 그것은 한 장의 포스터였다.

'젊은이여 오라! 육군소년항공병모집(陸軍少年航空兵募集)!'

눈으로 본 순간 온몸에 소름이 돋고, 머리 속이 뜨겁게 끓어오르는 듯했다. 잠시 그 앞에서 미동도 하지 않은 채 서 있었다.

"와! 이거야, 이거다, 이거!"

중학교를 그만둘 수밖에 없어서 국철(国鉄)에 근무했어도 역시 내 군인을 향한 동경은 지워지지 않았다. 강하고, 위대한 사람이 되어 나를 깔본 놈들에게 되갚고 싶었다. 좌절한 분노감 속에서 그런 생각이 마음에서 떠나지 않았다. 당시 히로시마에 '육군유년학교(陸軍幼年学校)'와 '해군병학교(海軍兵学校)'가 있었지만, 조선인인 나를 받아줄만한 곳은 없었다. 그런 시기에 만난 한 장의 포스터.

당장 전화로 문의해 보니, 원서를 보내준단다. 어둠에 닫혔던 눈 앞에 큰 길이 열리는 듯한 느낌이었다. 훌륭한 군복을 입은 내 모습이 눈 앞에 아른거렸다. 견장을 보면 계급도 일목요연하다. 붉은 선 하나면 신병, 거기에 별 하나로 이등병, 별 두 개로 일등병, 세 개의 별이면 상등병이다. 게다가 붉은 바탕에 금줄과 별 하나면 하사관, 금 두줄과 별 하나면 소위다. 소년항공병이면 가미카제특공대(神風特攻隊)로 죽을지도 모른다. 그러나 전쟁이란 어디에서 어떻게 살든 죽음이 바로 옆에 있지 않은가! 그렇다면 어서 위대해지고 싶다. 위대해져서 나는 멋지고 훌륭하게 꿋꿋이 살겠다. 육군유년학교의 3년과 비교해도 소년항공병의 수학(修学) 기간은 단 1년이다. 반 년으로 하사관, 1년으로 소위가 될 수 있다.

"눈 깜짝할 사이에 위대해질 수 있다! 훌륭한 군도(軍刀)를 아래 차고, 꼭 되갚을 테다!"

1945년 3월, 나는 국철에 근무하면서 '육군소년항공병' 모집에 원서를 냈다.

머지않아 기다리고 기다리던 그날이 왔다.

"육군 야마구치(山口)연대로 오시오!"

소년항공학교의 수험이었다.

학과, 구답(口答), 신체시험, 세 가지였다. 야마구치연대의 육군연대장이 구답시험을 담당했다.

"야마무라 쇼우이치(山村正一) 왔습니다. 들어가도 되겠습니까?"

육군연대장은 일본칼을 마루에 탕 찔러세우고 큰 소리로 이렇게 물었다.

"임마! 조선인 주제에 뭣하러 군인을 지원했는가?"

"저는 육군소년병이 되어 외람되오나, 천황폐하께 충성을 다하고 싶다고 생각하는 사람입니다!"

"좋아! 그 마음가짐을 잊지 말라!"

학과시험과 체육시험이 그 후 있었다. 체공(滯空)시험을 시작으로 시각, 청각 등의 검사, 게다가 수학, 국어, 수신(修身)시험이 이어졌다. 수신은 황민화 정책과 천황에게 충의를 다하기 위해 어떻게 하는가라는 문제가 나왔다. 나는 전력으로 시험에 응했다. 그리고 모두 종료한 후 만족스런 마음으로 귀가했다.

가고시마(鹿児島) 지랑(知覽)에 '가미카제특공대' 기지가 있었다. 그곳에 출격 전야의 대원들이 마지막 저녁 식사를 하는 유명한 식당이 있다. 열여덟 살의 특공대로 젊은 나이에 목숨을 바친 조선 청년의 유서(遺書)가 그곳에 남아 있다고 한다. 신세진 식당 아주머니에게 감사의 마음을 담아 '아리랑'을 남겼다. 그는 육군 소위였다.

나는 그때 열여섯 살. 합격하면 늦어도 열여덟, 잘 하면 열일곱에 소위가 될 수 있다. 대위도 소령도 꿈이 아니었던가!

한 달 후 기다리고 기다리던 통지가 도착했다.

'대일본육군성'의 각인(刻印)이 찍힌 큰 봉투였다.

떨리는 손으로 봉투을 찢었다.

'야마무라 쇼우이치(山村正一) 소화 20년 10월 1일부로 지바현(千葉県) 나라시노(習志野) 육군학교로 입대를 명(命)한다.'

와! 지금부터 시작이다!

때는 바야흐로 4월, 유럽에서 이탈리아의 무쏠리니가 28일 총살 당하고, 독일의 히틀러가 같은 달 30일 자결했다.

그렇게 해서 마침내 그 8월이 왔다.

죽음의 거리·히로시마를 걷다

때마침 쌀을 팔러 고베로 향한 날이 8월 5일 밤이었다. 여느 때처럼 아사역에서 밤 7시 지나 열차를 탔다. 그날은 아버지와 여동생, 그리고 나, 그외 사람을 모두 합쳐 9명으로 팀을 구성했다. 오고리(小郡), 이와쿠니(岩国), 히로시마(広島), 오카야마(岡山)를 통과해서 6일 아침 7시를 지나 산노미야에 도착했다. 우리들은 언제나처럼 변함없는 하루를 시작하려 했다.

그러나 그로부터 한 시간 후인 오전 8시 15분.

미군 B29 '에노라게이(エノラゲイ)'가 히로시마에 우라늄 원자폭탄, '리틀보이(Little Boy)'를 투하했다. 원폭은 오타가와(大田川) 강가, 당시 히로시마 산업진흥의 상징처럼 서 있던 아담한 산업장려회관(産業奨励会館)(현재 원폭돔) 상공 580m에서 폭발했다. 히로시마는 순식간에 죽음의 거리로 변했다. 그러나 우리는 아무것도 몰랐다. 암거래 쌀을 다 팔고, 저녁까지 휴식을 취하고 정말로 언제나처럼 그대로 산노미야 역에서 오후 7시 지나서 열차에 올라탔다.

산요혼센의 열차는 서쪽을 향해 질주했다. 그러나 열차는 도중에 몇번이나 거듭 정차, 서행을 되풀이하며 좀처럼 나아가지 않았다.

"오늘은 잘 멈추네."

"뭔 일이 있는 건가."

그런 대화를 나누며, 겨우 히로시마현에 들어서 하치혼마츠(八本松)역에 도착했다. 7일 새벽이었다.

"여기서부터 서쪽으로는 열차 불통이니 통행 못합니다. 야마구치, 규슈 방면의 분들은 걸어서 가십시오."

어쩔 수 없이 우리는 다른 손님과 함께 내리고 철길을 따라 걸었다. 가이타이치(海田市)를 지나서 히로시마 오오즈(大洲)에 도착한 시간은 오전 10시 넘어서였다.

그렇게 히로시마 역 근처까지 왔다.

"이, 이게 뭐야…!"

내 눈에 비친 광경이 도무지 믿어지지 않아서 말문이 막혔다.

아버지도 창백해진 채 아무 말도 못했다. 이제까지 열차로 몇 번이고 지나가던 히로시마. 서일본 최대 도시 히로시마. 5일 밤, 그곳을 열차로 지나갈 때는 확실히 살아 있었던 히로시마의 거리. 그 전부가 새까맣게 타버리고 없어졌다. 완전히 죽음의 거리, 폐허로 변해버렸다. 코가 마비될 듯한 구린내가 주변을 에워쌌다.

무엇을 어찌 생각하면 좋을지 몰라 우리는 무작정 걷기 시작했다. 앞으로 전진할 수밖에 없었다. 집에 돌아가야 한다! 무의식 중에 그런 생각을 했을까. 서쪽을 향해, 서쪽을 향해 오직 걸음만을 내딛었다. 폭심지(爆心地)를 지나 자신의 발걸음 소리만이 뒤따라 오는 듯한 무언의 걸음.

그사이 의문만이 거품처럼 갈마들었다.

이것은 폭탄인가, 소이탄(燒夷弾)인가? 아니야, 폭탄인 게 분명해. 그럼 대체 얼만큼 폭탄이 떨어졌단 말인가? 이제까지 우베(宇部), 모지(門司), 고쿠라(小倉) 등 폭격으로 파괴된 도시는 많이 본 적이 있었다. 그러나 이 광경은 그것들과 대비도 못할 정도다.

당시 미군의 '소이탄'은 일본의 목조로 된 초가지붕의 집에 아주 효과가 컸다. 가솔린을 원료로 한 폭탄을 바람에 떨어뜨려 거리의 집들을 전소시켜버렸다. 그러나 철근이나 철골이 구부러지는 경우는 있을 수 없다. 또

'통상폭탄'이 있었으나 위에서 떨구면, 지상에서 폭발할 때 직경 10~50m의 구멍이 뚫렸다. 그러나 그런 구멍도 어디에도 보이지 않았다. 게다가 철이 구부러져 있다. 벽돌도 모두 파괴되었다. 대체 무엇이란 말인가. 엊그제 확실히 존재했던 거리가 왜 이렇게 폐허가 되버렸는가. '군국소년'으로 두려울 게 없던 열여섯 살의 나였는데, 이 광경에는 다리가 후들후들 떨리고 몸이 덜덜 떨리기 시작했다. 입안이 바싹 말라 매이는 듯 했다.

우리 아홉 명은 공포심으로 여럿이 손을 잡고 걸었다. 나는 아버지와 여동생, 그리고 손춘식(孫春植, 일본명은 松本)과 함께 했다. 선두를 걸었던 손춘식은 느닷없이 무엇인가를 밟아서 미끄러져 넘어졌다. 그 탓에 함께 벌렁 나자빠진 우리는 눈앞에 있는 물체를 보고 '캬ㅡ!'하고 일제히 비명을 내질렀다. 내 밑에 전신이 타버린 사람이 있었다. 고무신을 신은 손춘식은 전신 화상을 입고 쓰러진 피폭자를 밟아 넘어졌던 것이다. 게다가 목숨이 끊어진 피폭자 위로 겹치 듯이 쓰러진 우리는 너무 무서워서 온몸이 굳어져 잠시 까딱도 할 수 없었다. 다른 사람의 도움으로 겨우 일어나 주위를 살펴보니, 그곳은 방화용수가 있던 장소인 듯 했다. 피폭자가 물을 구하러 도착해 몇 명에서 몇십 명이 폭발로 누워 있었다. 안간힘을 다해 일어난 나는 떨리는 다리를 끌고 다시 걸음을 재촉했다.

당시 히로시마의 거리 안에는 일곱 군데 강이 흘렀다. 모든 강에 갈대가 무성해, 조수 간만으로 많은 시체가 걸렸고 사람들 눈에 쉽게 띄었다. 어디를 향해 봐도 지옥과 다를 바 없었다. 내가 살아서 현실 세상을 걷고 있다고는 믿기지 않았다.

한여름의 태양이 반짝반짝 비치는 지면에서는 코를 찌르는 듯한 송장 썩는 악취와 부패한 냄새만이 올라올 뿐이었다. 격심한 구토가 덮쳐왔고, 공포심과 전율이 온몸을 휘감았다. 그래도 우리는 필사적으로 걸었다. 함께 가는 동료의 얼굴은 하얀 분을 바른 죽은 시체처럼 새파래졌고 눈은 초점이 없었으며, 소리도 안나왔다. 어쨌든 일찍 이곳을 빠져나가야 한다! 본능처럼 그저 걸음을 재촉할 수밖에 없었다.

어디를 어떻게, 도대체 몇 시간을 걸었는지 알 수 없었다. 고이(己斐)에 다다랐을 때, 내 손에는 그제서야 따뜻함이 전해졌다. 그것은 아버지 손의 온기였다. 아아, 나는 살아 있구나. 압도적인 안도감이었다. 아버지는 나와 여동생의 손을 꽉 잡아 쥐었다.

고이를 지나 잠시 걸어 간선도로에 나서니, 트럭과 마차가 산더미처럼 시체를 쌓아올린 채, 서쪽을 향해 달려가는 모습이 보였다. 트럭 한 대의 짐차를 갈아타고 수 킬로미터를 가서 내렸다. 또 잠시 걸어 이와쿠니 역에 도착하니, 화물열차가 달리고 있었다. 하타부 역(幡生駅)행 화물 열차의 난간을 붙잡고 올라타 간신히 야마구치로 돌아왔다. 정말 악몽을 봤다고 밖에 말할 수 없는 체험 탓에 두 번 다시 쌀을 지고 고베로 갈 엄두를 내지 못했다.

그때 우리는 일본이 불리해지면, '神風が吹く (가미카제가 분다)'라고 배웠다. 아주 먼 옛날 이야기지만, 13세기 원나라 군대의 배가 하카타(博多)로 밀려온 때가 있었다. 그때 때마침 상륙한 태풍으로 적이 돌아간 일이 두 번 있었던 듯싶다. 일본은 그것을 '가미카제(神風)'라 불렀다. 이후 전쟁에서 패배할 듯 해도 '가미카제'가 불어 일본은 절대 패배하지 않는다는 이야기가 전해졌다. 나도 그것을 믿었지만, 이때는 달랐다. 이제 명확히 확신했다.

'이것으로 일본은 진다. 이것은 이제 이길 수 없다. 이것은 특수폭탄이다!'

이것이 내 원폭과의 최초 만남이었다.

삼, 사일 지나자 아홉 명 전원이 열이 오르기 시작했다. 그즈음 우리는 의사에게 진찰 받을 돈도 없어서, 어머니가 물에 적신 수건으로 이마를 식혀줬다. 동시에 대여섯 명은 심한 설사가 시작되었다. 굉장했다. 어머니가 쑥을 캐 돌로 빻아 녹즙을 만들어줘서 마셔봤지만 전혀 멈추지 않았다. 마지막에는 할머니가 피던 연초 담뱃대에서 잎 싹을 꺼내 거기에 붙어 있는 댓진에 밀가루를 묻혀, 은단 알 정도로 만들어 약처럼 마셨다. 이것은 맹독성이라 그것으로 몸 안의 균을 없애려 했다. 하지만 그렇게 해도 나아지지 않았다.

갖가지 방책을 다 쓰고 있을 때, 오직 단 하나의 치료약이 있다는 소문을 듣고, 어머니가 쌀을 사러 시골에 갔을 때 그곳 사람에게 물으니 이렇게 말했다.

"이건 큰 소리로 말 못하나 마약이오. 이것을 차처럼 달여 마시도록 하시오. 꼭 멈출거요."

양귀비 꽃이었다. 그것을 뿌리채 썰고 그늘에 말려 주전자에 넣고 끓이면 차와 똑 같은 색이 우러나온다. 저항감 없이 마실 수 있었다. 그것을 온종일 마셨을까. 설사는 딱 멈추고 열도 싹 내렸다.

그런데 다음은 온몸에 빨간 점이 많이 생겼다. 마지막은 두꺼운 뱃살 부분에 큰 덩어리가 생겨 전혀 낫지 않아 고생했다. 이렇게 된 이상 아무래도 의사에게 진찰 받아 치료하는 수밖에 없었다. 아버지가 구면인 유력자에게 돈을 주고 겨우 의사에게 진찰을 받았다. 의사는 큰 혹은 칼로 도려낼 수밖에 없다고 말했다. 그리고 이렇게 말했다.

"너 이제까지 할복자살(切腹)[29] 각오해 본 적도 있지."

---

29) 에도시대 무사의 사죄(死罪) 중 제일 가벼운 행동으로 일정한 절차가 정해져 있었음.(역주)

나란 사람, 엄격한 군국교육을 받은 자였으므로 이렇게 단호히 말했다.

"할복 같은 거 각오되어 있소!"

그러자 간호사가 내 수족을 잡아 침대에 동여맸다. 그리고 의사는 마취도 안 한 채 배에 칼을 그었다.

"우와~~!!"

더 이상은 어떤 아픔이었는지 형용할 수 없다! 나는 기절하고 말았다. 그 탓인지 어쨌든 고름을 도려낼 수 있었고, 몸은 차차 회복해갔다.

피폭자란 넷으로 구분된다. 직폭자는 제1호, 나같은 입시(入市)피폭자는 제2호, 부상자의 구호나 사체 처리 등의 활동을 맡은 사람은 제3호, 그리고 피폭한 어머니의 배 안에 있던 태내피폭자는 제4호다. 다만 4호의 경우 1호, 2호, 3호 피폭자의 태아(胎児)여야만 인정받을 수 있다. 나는 7일 아침, 히로시마에 들어가 방사선 피폭을 받은 제2호 피폭자다.

원자폭탄의 공포

1945년 8월 6일, 히로시마는 순식간에 원자사막으로 변했다. 세계는 이를 계기로 핵무기 시대로 돌입했다.

핵무기가 만들어진 직접적인 계기는 독일이었다. 당시 독일에 오토 한[30]이라는 과학자가 있었다. 유럽의 상당수 과학자는 유태인이거나, 공산

---

30) 오토 한(Otto Hahn): 1879년 3월 8일~1968년 7월 28일, 독일의 화학자. 프랑크푸르트에서 출생. 프랑크푸르트 · 마르부르크 · 뮌헨 대학에서 공부. 1938년 프리츠 슈트라스만과 함께 우라늄 원자핵의 핵분열에 관한 연구를 발표. 그보다 앞서 1905~1910년에는 방사성 물질인 토륨과 악티늄의 자연 붕괴에 관한 연구로 훗날 여러 가지 방사성 동위 원소 발견의 계기가 됨. 1908년 오스트리아의 리제 마이트너와 함께 방사성 물질인 프로트악티늄을 발견. 1928년 괴팅겐의 카이저 빌헬름 화학 연구소장이 되고, 1944년 노벨 화학상 수상.(역주)

주의자, 사회주의자였기에 언제 나치에 잡힐지 모른다는 공포 때문에 많은 과학자가 미국으로 이주해 모여 있던 시대였다. 그런 시기에 독일의 오토 한이 무엇인가 연구를 시작한 듯싶고 혹시 핵무기를 만들고 있는 게 아닐까라는 핵 의혹이 퍼졌다. 독일은 폴란드 침공 시 인근 체코의 우라늄을 결코 외부로 반출하지 말라고 명령한 듯 싶다. 우라늄 폭탄을 만들려 했음이 분명하다. 그렇게 되면, 세계는 멸망한다. 그렇다면 우리가 먼저 만들면 안 될까! 미국에서 아인슈타인을 비롯한 우수한 과학자들이 집결했다. 1942년 6월부터 3년간 20억 달러의 막대한 비용과 총 54만 명의 노동자를 투입해 핵무기 제작을 위한 '맨하탄 계획'을 추진했다. 그리고 계획대로 3년 후인 45년 7월, 3개의 핵무기가 제작되었다. 우라늄 폭탄 한 개. 플루토늄 폭탄 두 개. 그리고 7월 16일, 인류 최초의 핵실험이 뉴멕시코(New Mexico) 주 앨라모고도(Alamogordo) 핵 실험장에서 결행되었다. 대성공이었다. 미국은 재차 사람이 사는 곳에서 확실한 효력을 시험하기 위해 학자의 손에서 군인과 정치가의 손으로 핵무기를 이전했다. 그래서 아인슈타인, 오펜하임(Oppenheim Alphons), 레오 실라르드(Leo Szilard) 등 핵무기 제조에 직접 착수한 학자들의 망설임을 뿌리치고 일본을 향한 원폭투하 계획을 급속히 추진했다.

그즈음 일본은 이제 패전의 색채가 짙어가고 항복은 이미 시간 문제였다. 미국은 벌써 일본의 항복보다는 오히려 전후 세계정세로 눈을 돌렸다. 동유럽 및 극동에서 소련의 행동을 억제하고, 동시에 핵무기 사용의 실천을 강행해서, 세계에 '강한 미국'이란 인상을 남기고 싶어 했다. 그렇게 하지 않으면 '맨하탄 계획'이라는 사상 최대의 내기에 20억 달러의 방대한 예산을 계상한 점을 의회에서 해명도 못했을 것이다. 그런 배경 속에서 1945년 8월 6일 오전 8시 15분, 미국은 마침내 남은 두 개의 핵무기 중 '리틀보이'라 불리는 우라늄235 원자폭탄을 히로시마에 투하했다.

히로시마시는 순식간에 미증유의 피해를 입고, 거리는 원자 사막화되어 파괴되었다. 당시 4십 수만 명의 히로시마 시민 중, 그 해 말까지 14만 명(±1만명)의 사람이 사망했다. 생존자도 가공스러운 방사능 탓에 그 후 몇 십 년에 걸쳐 생존권에 지장을 받는다.

원자폭탄은 매우 공포스럽다. 어디가 어떻게 무서운가 하면 통상폭탄은 투하하면 지면에 닿고 폭발한다. 그런데 원자폭탄은 공중 폭발이 가능하다. 높으면 범위는 넓어지나 효과가 낮아진다. 낮으면 범위는 좁아지지만 효과는 올라간다. 히로시마의 경우 그리 높지 않고 낮지도 않은 지상 580m(±15m)에서 폭발하도록 설정되었다. 반경 4km 이내에서 위력을 발휘한다. 공중폭발! 확실히 대량으로 무차별로 많은 사람을 학살할 수 있다. 또한 강력한 열선(熱線)이 발생한다. 1만분의 1초 후 지상에 3~4천도의 열이 방사된다. 철마저 1,536도면 녹아버릴 정도이므로 이런 열이 내리쏟아지면 정말 철도 벽돌도 돌도 집도 사람도 모든 게 불타버린다. 게다가 마찰로 폭풍이 일어난다. 이 폭풍으로 사람이 구슬처럼 구르면, 내장이 파열하고 머리도 손도 발도 뿔뿔이 사지가 찢어져 흩어진다. 또한 동시에 방사능이 내리쬔다. 이것이 원자폭탄의 특징이다. 그럼 왜 히로시마를 원폭 투하지로 선택했나. 그것은 당시 히로시마가 일본 최대의 군사기지였기 때문이다. 당시 미국 대통령 트루만이 명백히 그렇게 말했다. 포로 수용소가 없어서 선택했다고 말하는 사람도 있지만 결코 그런 이유는 아니다.

전쟁은 수단을 선택하지 않는다. 목적은 영토, 자원, 시장이다. 일본

영토는 매우 협소하다. 자원도 없다. 경제활동을 발전시킬 수 있는 시장이 없다. 따라서 아시아에서 침략 전쟁을 벌였던 것이다.

당시 도쿄(東京)에 제1사단, 도오호쿠(東北)에 제2사단, 나고야(名古屋)에 제3사단, 오사카(大阪)에 제4사단, 히로시마에 제5사단, 구마모토(熊本)에 제6사단이 있었다. 메이지 천황은 청일, 러일전쟁을 전개하기 위해 메이지 27년 6월 10일, 도쿄부터 히로시마까지 철도를 연결했다. 그리고 구마모토 제6사단을 제외한 전 사단을 히로시마로 집결시켰다. 9월 15일, 메이지 천황이 기차를 타고 와서 10월 5일, 히로시마를 군도(軍都), 우지나(宇品)를 군항(軍港)으로 정하고 계엄령을 내렸다. 이후 이곳 히로시마에서 한반도, 만주(중국동북지방), 중국, 동남아시아, 태평양을 향한 전쟁으로 나아갔다.

이처럼 무서운 원자폭탄이지만 미국 대통령 트루만은 다음과 같은 성명을 발표하고 원폭 투하의 정당성을 강변했다.

지금부터 16시간 전, 미국 항공기 한 대가 일본 육군의 중요 기지인 히로시마에 폭탄 한 발을 투하했다. 그 폭탄은 TNT화약 2만 톤 이상의 위력을 가졌다. 전쟁사(戰爭史)에서 이제까지 사용된 대형폭탄 중 영국의 '그랜드 슬램(grand slam)[31]' 폭발력의 2천 배를 넘는다. 일본은 펄 하버(Pearl Harbor)[32]의 하늘에서 전쟁을 개시했다. 그들은 몇 배가 넘는 보복을 당했다.(『맨하탄 설계(マンハッタン計画)』, 大月書店)

미국은 보복이라 일컫고, 게다가 또 한 개의 원자폭탄 '팻 맨(Fat Man)'

---

31) 그랜드 슬램 폭탄은 2차 세계대전 말기 영국이 랭카스터를 이용해 투하한 10톤짜리 폭탄으로 지진폭탄이라고도 함. 총 41기 생산.(역주)

32) 1941년 12월 8일, 일본 해·공군의 기습으로 태평양 전쟁이 발발한 장소.(역주)

플루토늄 폭탄을 9일 오전 11시 2분, 나가사키(長崎)시에 투하했다. 나가사키시도 히로시마시와 마찬가지로 심대한 피해를 입어 십 수만 명의 희생자를 냈다. 그 놀라운 위력은 전 세계에 알려졌다. 모든 실험이 대성공으로 끝났다.

이렇게 해서 미국은 세계 최초로 핵 보유국·핵무기 사용국이 되었다. 그때부터 미국은 핵무기 보유를 배경으로 '힘의 정책'으로 중점을 바꾸고 새로운 세계전략을 획책하기 시작했다. 당시 미국에서 3개 제작한 핵무기였지만, 지금은 지구상에 약 3만 개 이상의 핵탄두가 있다고 한다. 미국, 러시아, 중국, 프랑스, 영국, 파키스탄, 인도, 이란이 보유국이라지만, 진실은 그 수도 보유국도 의문에 싸여 있다.

열여섯 살의 나는 원폭 지옥을 눈앞에서 체험했다. 그런데도 사망자 14만 명 중에는 약 3만 명의 조선·한국인피폭자가 포함되지 않았다. 우리를 사람으로 셈하지도 않았던 것이다.

조국이란

텅 빈 마음을 안고

그런 가운데 그 8월 15일, 그날이 왔다. 지바현 나라시노 육군학교의 합격통지를 받고 너무 기뻐서 입학의 날을 손꼽아 기다리던 나였지만, 그날은 오지 않은 채 일본이 패전했다. 질 리가 없다고 생각한 일본이 졌다.

그러나 또한 동시에 그것은 1910년 8월 22일, '한일병합조약'으로 강제로 식민지가 된 날로부터 시작된 조선인의 고난의 나날이 끝난 순간이기도 했다. 대체 어디서 나왔는지 거리마다 조선인이 '만세─! 만세─!' 라고 외쳤다.

'질 리 없는 일본, 불멸의 일본, 신국(神国) 일본'

그것은 몇 년이고 일본인이 신체에 각인시켜온 사상이었다. 당시 패전을 믿지 않은 일본인은 많았다. 믿는 일이 두려웠다고 말하는 편이 진실일 테다. 그러나 나는…. 그 어느 쪽도 아니었다. 어느 쪽도 될 수 없었다. 일본이 패전해서 분하고, 조선이 해방되어 기쁘고, 그 둘 사이에 홀로 고립된 듯한 기분이었다. 그저 마음이 공허했다.

조선인이라는 이유로 따돌림 당한 일도 많았다. 힘든 일도 조우했다. 그래도 나는 일본에서 황민으로 교육받고 훌륭한 항공병이 되어 일본을 위해 싸우겠다는 꿈을 꾸며 살아왔다. 그런데 일본이 전쟁에서 졌다? 조선인 해방? 그런 일이 믿기지 않는다! 나는 일본인에도 조선인에도 융화·동화될 수 없다.

종전 후 한 달이 지나자 조선인이 시모노세키 항구로 점점 모였다. 그 힘에 이끌려 나도 몇번이나 시모노세키로 발을 돌렸다. 조국에 돌아가려는 수만 명의 조선인으로 와작거렸고, 암시(闇市)가 서고, 이제까지 어디에 숨겨뒀는지 쌀, 고기, 생선이 즐비했다. 어선을 빌리고 조국으로 향하는 사람들의 활기 가득한 소리가 오가는 항구. 한반도에서 혼란을 정리하려고 치안대 완장을 차고 파견된 다부진 체구의 젊은이도 만났다. 내게는 잘 모르는 조선어로 또박또박하게 말했다. 그런 모습을 보며, '아아 그렇다. 나도 조선인이었구나….'

새삼스레 실감했다. 그래도 '그럼 조선으로 돌아가자!'라는 생각은 할 수 없었다. 나는 주변의 산뜻하고 분명한 세계로부터 혼자 고립되어 깊은 나락을 향해 침전되는 듯한 고독한 기분이었다.

세 살 적부터 술을 마셨던 나는 마시면 건달처럼 싸움만 했다. 종전 후 조선인은 '탁주(막걸리)'나 '밀조주(闇燒酒)'를 만들었다. 드럼통에서 짜아내는 밀조주는 60-70도. 나쁜 성분을 제거하기 위해 불을 지피면, 비색의 불이 활활 타올랐다. 설날이면 젊은이들은 작당해서 '세배'를 돌았다. 내가 애주가라는 사실을 알면, 어느 집에서나 덮밥에 탁주나 소주를 담뿍 부어줬고 나는 손수 담근 김치를 안주삼아 그것을 단숨에 들이

켰다. 그렇게 마시면, 기분도 충만해져서, 악당을 퇴치한답시고 싸움만 해댔다. 그냥 화나고 매일 공허하고, 안달복달난 듯한 초조한 기분만 들었다.

싸움

아사의 거리는 전쟁에서 돌아온 '귀환특공대'가 전쟁에서 패한 화풀이로 허세를 부리며 허풍을 떨고 있었다. 히노마루 머리띠에 전투 특공복을 입고 군화나 가죽장화를 신고, 일본칼이나 해군의 14형 권총을 보란 듯이 휘두르면서 약한 자를 괴롭혔다. 지금 생각하면, 그들도 나와 똑같이, 참을 수 없는 마음을 어딘가에 부딪고 싶었던게 아닐까 싶다. 나는 이상한 '정의감'이라는 마법에 홀려, 귀환특공대나 야쿠자라도 약한 자를 괴롭히는 놈들, 거리의 난폭한 패거리는 '절대 용서 못해!' 하고 큰소리 치며 호언장담하고, 그들을 쫓아내려고 뛰어나갔다. 체격도 좋았고, 싸움에 진 적도 없었다. 누구 밑으로 들어가 부하노릇하는 일은 싫었다. 너무 솔직해서, 절대 거짓말하지 않는다를 신조로 삼아온 나는 특히 이 시기에 '강자는 누르고, 약자는 돕는다'는 자세로 일관했고, 젊은 조선인 동료에게도 전적으로 신뢰를 받았다. 어느새 자연히 리더 격이 되었다.

그렇게 한 번도 진 적 없는 나였지만, 참패한 일도 있었다.

어느 날 영화관에서 왁자지껄 소란을 피우는 놈들에게 말했다.

"시끄럽다~!"

여느 때의 '정의감'이 폭발했다.

"뭐가 시끄러워! 불만이면 밖으로 나와"

좋아, 알았다. 바깥으로 나가자, 상대는 두 명이 나왔다. 얼굴을 본 순간 불길한 예감이 들었다. 두 명 모두 오키나와(沖繩) 출신으로 한 명은 공수 8단, 한 명은 유도 7단. 공수 쪽은 호리호리하고 만화에도 나오는 듯한 여우 눈을 한 남자로, 보기만 해도 오싹해지는 듯한 분위기를 발산했다. 유도 쪽도 다부지고 비만 체형의 꿈쩍도 하지 않을 듯한 바위처럼 보였다. 우리 쪽은 4~5명이었지만, 그 2명을 상대로 쓰러지는 데 5분도 안걸렸다. 마치 영화의 한 장면처럼 순식간에 당해버렸다. 지면 깨끗이 항복해야 한다. "미안합니다." 솔직히 사과하고 그 자리는 끝났다. 그러나 패배는 그 후로도 그 전에도 없었던 그 순간뿐으로 정말 큰 충격이었다.

큰 부상을 입은 적도 있었다. 당시 역전은 데키야(テキヤ)[1]가 가게를 열었지만, 그 가운데 사이비 뽑기 가게가 있었다. 종이를 말아서, 은단 같은 콩알을 많이 만들어 그 가운데 한 장만 동그라미를 그려 당첨 구슬을 만들었다. 그것을 잘 뽑으면 '대당첨'으로 상품을 획득할 수 있었다. 당첨 안되면 낙첨으로 점차 돈을 뺏긴다. 일종의 도박 행위였다.

어느 날 도박을 구경한 적이 있다. 기모노 입은 노인이 도박에 중독되어 이제 돈내기로는 입고 있는 기모노 밖에 없을 정도로 빈털터리가 되었다. 그 뽑기 가게 주인놈은 당첨용 종이 구슬을 실제로는 손가락 사이에 끼워 감추고 눈 앞에서는 그것을 휘젓는 흉내를 내고 있었다. 뽑기 구슬 안에는 애당초 당첨 구슬이 들어있지 않아서 노인은 옷을 모두 벗는 지경에 이르기까지 계속 질 수밖에 없었다. 낙첨은 처음부터 결정되어 있었던 셈이다. 마침내 노인은 기모노를 벗어 띠로 묶고 "자, 이것이 마지막이다"하고 승부를 걸었다.

---

1) 번화가 등 인파가 붐비는 곳에 상점을 열어 수상한 물건 등을 파는 상인.(역주)

"할아버지, 괜찮습니까?"

"그럼요."

"네, 이것입니다."

때마침 당첨용 구슬을 넣는 듯 하면서 구슬을 한 번 휘젓고, 그놈이 손을 꺼내는 순간 나는 그 팔을 잡았다.

"그만 그 손을 펴라!"

"뭔 말이오! 펼 수 없소."

나는 힘껏 그 손을 펴게 했다. 둥글린 작은 구슬이 떨어졌다. 펼쳐보니 그야말로 동그라미가 그려진 당첨용 구슬이었다.

"이건 뭔데. 이런 속임수로 노인을 속이다니 용서 못해!"

그놈이 가게 용도로 쓰려고 만들어 세운 귤 상자를 힘껏 찼다.

"그래, 잘도 해줬군!"

그렇게 외치면서 그놈은 조금 전 머물렀던 여관에 들어가더니 잠시 후 튀어나왔다. 손에는 45cm정도의 백목(白木)의 비수, 칼을 휘두르며 나왔다.

"위험해!!"

외친 순간 비수는 함께 있던 친구, 손춘식(孫春植)에게로 내리꽂혔다. 왼쪽 입술이 갈라 찢어져 피가 분출했다. 다음은 나를 향해 왔다. 그놈이 비수를 내려치자, 동시에 나는 비수를 쥔 손을 위에서 쳐 칼을 떨어뜨리려고 손을 내밀었다.

"아!"

힘이 순식간에 빠졌다. 비수가 내 오른손에 꽂혔다.

"당했다!"

그렇게 생각했을 때, 그놈은 다시 한 번 내질렀다. 머리를 숙여 피한 순간, 왼쪽 등에 칼이 꽂혔다. 쓰러지면서 도망치는 그놈의 뒷모습을 눈으로 쫓았다.

"저놈 잡아라!"

순식간에 일어난 일이라서 몸둘 바를 몰라하며 눈으로 지켜보던 동료들이 내 소리에 제 정신을 차렸다. 그리고 나 대신 일제히 그를 쫓아갔다. 그놈을 잡고 어디 패거리들인가 추궁하려던 참에 경찰관도 오면서, 대소동이 벌어졌다. 경찰관은 줄을 치고, 실제 현장 검증을 시작했지만, 종전 직후의 경찰관 등은 권력도 아무것도 없는 허수아비나 마찬가지 존재였다.

제대로 말도 듣지 않고, 우리 말을 곧이 들었다. 우리도 크게 다쳤기에 이 사건을 확실히 잘 해결하고 싶었다. 경찰서장을 불러 끝장을 보라고 요구했다. 원주민 야쿠자들이 '자릿세'를 받고 다른 패거리들에게 장사를 시키고 있으니, 원주민 야쿠자들을 징벌해야만 했다. 우리는 '정의'를 관철한다. 경찰에게 당시 주변에 망을 가진 '진다구미(仁田組)²'의 부하들에게 연락을 취해 분명히 사죄하게 하라고 요구했다. 경찰이 중개하고, 조선인연맹이 야쿠자에게 '싸움의 뒷처리'를 하게 만들었다.

서장에게서 연락이 왔다. 야쿠자의 부하가 우리와 이야기하고 싶어하니 경찰서로 나오라는 연락이었다. 조선인연맹 대표 손춘식 그리고 나, 이렇게 셋이 경찰서로 갔다. 그러자 눈 앞에 작은 상자가 놓여 있었다. 열어보니 새끼손가락이 들어 있었다. 과연 야쿠자다운 방식이다. 이것으로 참아달라는 뜻이었다. 그러나 우리는 그런 식으로 물러나지 않는다. 우리는 야쿠자가 아니다. 제대로 치료비를 지불하라. 그리고 두 번 다시 이 거리에서 같은 짓을 되풀이하지 말아라. 우리 거리가 야쿠자에게 좌

---

2) 깡패조직명.(역주)

지우지되는 거리가 되면 안된다. 이 거리는 우리가 곱게 지킨다.

각서를 쓰게 했다. 손가락 끝을 베어 피로 혈도장을 찍고 약속장을 받아냈다. 그것은 뜨거운 조선 청년의 승리로 다음 날 신문에 대서특필 되었다. 하지만 그렇다고 해서 우쭐해지지는 않았다. 반대로 그때부터 바보같은 싸움을 하지 않았다. 패배하는 싸움은 교만하고 우쭐해지는 데서 온다는 사실을 이제 충분히 배웠기 때문이다.

배우다

그러는 사이 1945년 10월경부터 재일조선인의 **빼앗긴** 민족의 말, 문자, 역사, 전통문화를 되찾자는 '국어강습소'가 우리 마을에도 생겼다. 재일조직인 '조선인연맹'도 건설되고, 청년부도 활동을 시작했다. 차별로 학교도 못 가고 조선인 대부분이 문자를 읽지 못하는 시대였기에 중퇴라 해도 구제(旧制) 중학교에 다닌 적이 있는 나는 귀하게 여겨졌다. 그러나 나 자신은 사상도 애매하고 명확한 민족의식 조차도 지니지 않았다.

그럴 즈음, 같은 마을에 사는 규슈제국대학(九州帝国大学)의 이마나카 즈구마로(今中次磨) 선생의 문하생에게서 도서관에 함께 가자는 권유를 받았다. 그곳은 '사회과학연구회'라는 젊은이들이 모여 학습회를 하는 장소였다. 너무 매일 권유를 해와서 따라가 봤는데, 처음에는 하는 말이 뜬구름 잡는 듯한 이야기로 들려 무슨 말인지 전혀 이해할 수 없었다. 그래서 몰래 일찍 도망쳐 돌아오곤 했다. 그래도 단념은 아직 안 하고 있으니, 또 다시 권유를 해왔다. 나도 열여섯 살, 목표도 잃고 시간만 허무하게 지나가니 그래도 몇 번인가 발을 옮겼다. 그사이 점점 의미가 이해 가능해졌다. 듣는 습관이 생기자 신기하게도 배우는 재미가 생겼다. 『변증법적유물론』, 『사적유물론』, 『맑스자본론』, 그런 내용을 배우는 과정에서 나는 미망에서 깨나는 느낌이 들었다. 내 자신 안에서 혼돈스러웠던 뭔가가 배움으로 정리되는 듯싶었다.

더욱더 알고 싶다는 지적 욕구가 점점 부풀어 올랐다. 한편 '국어강습소'도 다니고 조선어도 배웠다. 그런 식으로 조선의 조직 안에서 지내면서 점점 본래 조선인으로 되돌아가는 듯한 느낌이 들었다. 그러는 사이 2년이 흘렀다. 48년 초, 조선인연맹에게서 도쿄(東京)로 가서 공부해보지 않겠느냐는 권유를 받았다.

나도 자립의 한걸음을 내딛을 날이 왔다. 참 좋아했던 할머니와 애지중지 키워주신 부모님의 곁을 떠나 상경했다. 열여덟 살의 봄이었다.

도쿄 기타다마 고마에(東京北多摩郡狛江)에 위치한 '조선중앙학원'. 당시 조선인을 위한 대학은 없었으므로 그곳은 대학의 전신과 같았지만, 분명 당시 재일조선인 간부를 양성하는 정치학원이었다. 그런 만큼 대학의 전 과정을 반 년만에 모두 배운다는 엄격한 커리큘럼으로 매일 아침 8시부터 밤 10시까지 공부만 하며 나날을 보냈다. 정치학의 아사다 미츠데루(浅田光輝), 맑스경제학의 모기 로쿠로(茂木六郞), 인민철학의 다카하시 쇼지(高橋庄治) 선생에게서 열심히 배웠다. 그 모두가 양분이 되어 내 안의 메마른 땅에 점점 흡수되는 듯한 바로 그런 시기였다. 겨우 자신 안에서 세계관을 확립할 수 있었고, 걸어가야만 할 길이 보였다. 무엇이 옳고 무엇이 틀린가, 내 스스로 판단 식별할 수 있게 되었다. 세상은 이렇게 변해간다는 사실도 알았다. 일본이 걸어온 근현대 역사의 오류, 그 과정에 교육되어 온 내 자신을 반성 재료로 삼고, 조직활동에 만전을 다하며 전진했다. 이때 배운 모두가 내 이후의 삶의 방식, 운명을 결정지었다 해도 과언이 아니다. 조국을 사랑하기에 일으킨 행동이 나를 운명의 거센 파도로 몰아갔다. 그리고 훗날 히로시마에서 '조선인피폭자협의회'를 결성하고 활동하기 시작한 밑천도 여기서 형성되었다.

중앙조선청년학교(中央朝鮮青年学校) 제8기생 일동, 1959년 6월 16일.

미국, 일본, 그리고 조국

그렇게 한창 청춘을 분주히 보내는 와중 나를 둘러싼 세계 정세도 급속히 변화하고 있었다.

핵무기 투하로 '강한 미국'으로 우위를 점한 당시 로얄(Royal) 미육군 장관은 '일본을 극동의 반공 공장(反共工場)으로 양성한다'며 호언장담했다. 그들은 정책의 기본 전환을 도모하기 위해 '미·일·한 군사일체화 구상'을 급속히 밀고 나갔다. 일부 A급 전범과 전직 관동군의 고급장교, 화학병기 제조를 취급한 중요 인물들이 연이어 석방되어 국회의원과 각료로 활동하기 시작했다. 그리고 일본은 이전의 군도(軍都) 히로시마와 마찬가지로 이후 발발한 한국전쟁에서 미군의 후방기지 역할을 완수했다. 재일조선인은 미점령군에 추종하지 않고, 어디까지나 조선의 자주적 독립을 원하고 반도 분단화 정책을 반대했다. 미국은 이런 동향을 꺼렸고, 배제하기 위해 재일조선인 조직을 억압했다. 첫 출발이 조선인에게는 생명선이나 다름없는 민족교육의 단절을 위한 조선학교에 대한 탄압이었다.

1948년 9월 9일 한반도 북쪽에 '조선민주주의인민공화국(북한)' 국가 창설은 미국에게 충격을 준 사건이었다. 그래서 당시 재일조선인연맹, 재일본조선민주청년동맹 등을 해체하기 위해 일본정부에게 '단체등규제령(団体等規制令)'을 제정하게 하고 즉각 해산시키는 폭거에 나섰다. 전후 40년대 후반은 미·일이 새로운 조선 도발을 책동하고, 이에 방해하는 자를 일소하려고도 했다. '조선인 사냥'의 시대였다고 해도 과언이 아닐 것이다.

1950년 6월 25일, 드디어 가장 두려워하던 사태가 발생했다. 분단 조국에 전쟁이 발발했다. 당시 북한은 오랜 기간 일본 제국주의 식민지에서 해방된 지 5년도 채 안된 혼란기였다. 일본의 패전과 더불어 예전 일본 소유물이었던 흥남 비료회사를 시작으로 대부분의 중공업이 일본인의 귀향과 함께 파괴되고 폐허로 변해버렸다. 이런 상황에서 전쟁이 발발했고, 3년에 걸친 피맺힌 공방전을 거듭한 결과, 고귀한 생명 330만 명이 희생당하는 큰 피해를 입었다. 지금 돌이켜보면, 전쟁으로 북한이 미군의 지배하에 놓였더라면, 오키나와(沖縄)나 한국(韓國)처럼 굴욕적인 지배를 강하게 받았으리라. 새삼스레 그것을 생각하면 등골이 오싹해진다.

선쟁 과정에서 미국은 몇 번이나 원폭투하를 암시하고 핵무기 단추를

만지작거렸다. 히로시마, 나가사키에 이어 제3의 핵단추를 조선에서 누르려 한 트루만(Truman) 대통령. 그는 스스로 몇 번이나 그것을 암시하면서 함선이나 항공모함, 핵무기탑재기를 조선반도에 비정상적으로 접근시켜 위협과 도발을 반복했다. 그러나 미국의 핵 공갈 협박에 당시 북한은 몸으로도 원폭의 위력과 파괴력을 알지 못했다. 그래서 핵무기를 '종이호랑이(張子の虎)'쯤으로 보고 '원폭이 뭔데, 사용해 볼테면 해 봐라'고 강한 자세로 대항했다. 지금 생각하면, 몸서리쳐지는 모험임에 틀림없지만, 결과적으로는 '결사적 공방전'이 되어 성공을 거뒀으며, 1953년 7월 27일 미국도 드디어 핵무기 사용을 단념하고 휴전협정 테이블로 나와 앉아야 했다. 그 배경은 제2차 세계대전으로 피곤에 지쳐있던 세계의 반전기운과 반핵평화를 요구하는 스톡홀름 어필(Stockholm Appeal)[3]에서 5억 명의 뜨거운 서명이 있었음은 두말할 나위도 없다.

운명의 거센 파도

도망생활

나는 '조선중앙고등학원'을 마치고 다시 야마구치로 되돌아왔다. 그리고 그 당시는 공산당에도 입당하고 있어서 당원으로 또한 조선인연맹의

---

3) 스톡홀름 어필(Stockholm Appeal): 1950년(쇼와 25년) 3월, 스톡홀름에서 개최된 세계평화옹호대회 상임위원회의 결정에 근거해, 원자병기 사용금지를 최초로 세계에 호소. 1949년 9월, 소련은 원자보유를 발표, 동년 10월 중화인민공화국 성립, 베트남의 반프랑스투쟁, 조선에서 남북통일운동의 격화 등, 전쟁 위기의 고조라는 정세 하에서 이뤄졌다. 내용은 ① 원자병기의 절대금지, ② 원자병기의 국제관리, ③ 원폭을 최초로 사용한 정부를 인류의 범죄자로 한다는 세 항목으로 구성, 서명운동방식을 채용했다. 1950년 6월, 한국전쟁 발발로 이 운동에 박차를 가해 동년 11월까지 5억(일본 645만)의 서명이 모아졌고, 마침내 한국전쟁에서 미국의 원폭사용을 불가능하게 했고, 전후 대중적인 평화운동의 발전을 이루는 데 중요한 역할을 담당했다.

청년부 일원으로도 선두에 서서 역할을 했다. 일본에서 조선인으로 긍지를 갖고 열심히 내 나름대로 활동을 계속해 가던 중 한국전쟁이 1950년 6월 25일 발발했다.

그날로부터 얼마 지나지 않아 현재의 한국 · 대전에 주둔하던 미 육군 제24단 약 3만 명의 사단장인 딘(William Frishe Dean)[4] 소장은 북한 인민군의 포로가 되었다. 그리고 이런 성명문을 발표했다.

'우리 미국의 전쟁은 부정의(不正義)한 전쟁이다. 타국에 대한 침략전쟁이다.'

성명문이 평양방송 등의 미디어를 통해 일본에도 들어왔다. 짧은 방송 내용은 나를 흥분시켰다. 나는 몇 명의 동료와 함께 본래 지닌 '정의감'에서 성명을 일본어로 번역했다. 등사판을 찍어 수백 장의 삐라도 인쇄했다.

'미국의 전쟁은 부정의였다. 전쟁을 위해 공산당을 지하로 몰아넣고 우리 조선인연맹을 해산했다. 미국은 나쁜 놈이다. 딘 소장도 그렇게 고백했다.'

그리고 만든 삐라를 거리의 영화관에서 뿌렸다.

전후 점령군 통제 하에 있던 일본에서 이것은 물론 분명한 범죄다. 점령군이 하는 일에 반항하는 자는 '점령정책 위반'으로 검거된다. '칙령(勅令) 311호 위반'이었다. 물론 위험은 충분히 알고 있었다. 그러나 그때 '사명감'에 불타던 나를 멈춰 세울 수 있는 것은 아무 것도 없었다. 위험하건 어쨌건, 해야만 하는 일을 내 자신은 해낸다라는 그런 생각으로 지내던 나날이었다.

---

4) 딘(1899년 8월 1일~1981년 8월 24일): 미국의 군인으로 제2차 세계대전과 한국전쟁에 참전. 미군정기 당시 재조선미육군사령부군정청의 군정장관. 한국전쟁 참전 중 북한인민군에 납치되어 평양으로 끌려갔고, 휴전 후 육군 중장으로 예편.(역주)

영화관 2층에서 삐라를 뿌리고 아래층으로 내려갔을 때, 이미 경찰관이 와 있었다. 그러나 현행범은 아니었으므로 그 자리에서는 체포되지 않았다. 나는 그대로 귀가했고, 부모는 물론 누구에게도 비합법인 삐라 배포에 대해 말하지 않았다. 지금 생각하면, 이 삐라로 내 인생이 크게 움직여 나가리라고는 그때 나는 아직 정확히 자각하지 못했다…

이튿날 새벽 경찰관이 집 안을 에워싸는 꿈을 꾸고, 두려워서 식은 땀을 흘리며 일어났다. 정작 그것은 진짜였다. 어머니에게 '경찰입니다만…'이라고 말하는 소리가 현관에서 들리자마자 동시에 꿈에서 깼다. 당황해서 바지를 입고 윗도리를 걸친 후 바로 뒷문으로 나가 옆집 지붕을 넘었다. 그때 경찰관들이 내 집 현관으로으로 일제히 쳐들어가는 모습이 보였다.

한 달쯤 아는 사람 집을 전전하며 지내고 있을 때 마침내 붙잡혔다. 그러나 지원자들이 당시 돈으로는 고액인 십만 엔의 보석금을 모아줘서 한 번은 보석으로 풀려났다. 그 다음은 재판에 회부되었다. 고쿠라(小倉) 미군 제24사단 헌병사령부 내 군사법정에서 미국이 재판한다고 했다. 재판이라 해도 심의 등도 없이, 저쪽이 일방적으로 판단을 내리고, 삐라 한 장 뿌려도 징역 10~15년이라는 장기형을 내리는 시대였다.

물론 그건 딱 질색이다! 출정(出廷) 명령이 떨어진 군사재판을 거부하고 다시 나의 도망생활이 시작되었다.

고쿠라(小倉)에서 변장을 하고 전차를 탔다. 얼굴의 절반을 붕대로 칭칭 감아 인상을 숨겼다. 눈에 잘 띄지만 그래도 경찰에게 불심 검문 당할 때를 생각해, 예삿일이 아닌 한 붕대를 풀어보라고까지는 말하지 않으리라 생각해서 그렇게 했다.

시모노세키를 향해, 처음에는 시집간 여동생 집을 방문할까 생각했다. 그러나 경찰은 분명 친족의 집을 찾으리라. 그렇게 되면 여동생에게 폐를 끼친다. 이래저래 생각하니, 출정을 거부해도 경찰이 움직일 때까지 좀 시간은 걸릴 듯 싶었다. 지명수배로 이번에 잡히면 생명도 위태로워질지 모른다. 그렇다면 역시 다시 한 번 태어난 고향을 이 눈으로 보고 싶었다. 그런 기분에 우여곡절 끝에, 결국 우츠이무라로 향하고 옛날 아버지 밑에서 일하던 사람 집을 방문했다. 붕대를 칭칭 감고 있는 내 얼굴을 보고 놀라서 상처라도 입었는가 하고 걱정하기에 사정을 이야기했다. 하지만 이런 때 고향 방문이란 있을 수 없는 일이다. 경찰은 틀림없이 가장 먼저 여기를 찾아오리라는 말을 듣고, 하룻밤만 신세를 지고 고향 땅을 뒤로 한 채 빨리 떠났다. 그 집에서 조직의 연락을 받고 야마구치현의 히가시하기(東萩)에서 숯구이를 하는 활동가의 도움을 받아, 그곳에서 숨어 지냈다.

어느새 계절은 겨울이 왔다. 그곳은 1m 이상이나 눈이 쌓이는 산간벽촌이었다. 드문드문 인가가 있으며, 가느다란 숯구이를 하고 있었다. 그곳에서 잠시 신세를 졌지만, 어느 날 조직에서 사람이 찾아와 히로시마로 이동하라고 지시했다. 원폭으로 엄청난 조명을 받던 히로시마였지만, 대도시에 대한 동경심으로 바로 떠날 마음이 생겼다. 야마구치현 조직에서 써준 신분 증명 신임장을 가지고 히로시마로 갔다. 지인은 아무도 없었다. 조직에서 조직으로 그림자처럼 이동했다.

히로시마의 핫쵸보리(八丁堀)에 '민전(민주민족통일전선(民主民族統一戦線) 쥬고쿠(中国) 지방본부'가 있는데, 그곳에서 신임장을 보이니, 나보다 한 살 많은 양 씨라는 조선 청년이 마중 나왔다. 데려간 곳은 가이타(海田)·후나코시(船越)의 조선인 집락지였지만, 놀랍게도 그곳은 진짜로 외양간(豚小屋)이었다. 밑에는 수백 마리의 돼지를 기르고 있었다. 2층은 간신히 비와 이슬을 피할 수 있는 돼지 감시방이었다. 그곳에 어디선가 조달해온 얇은 이불을 펴고 잤다. 내 연락책인 양 씨는 며칠 분의 쌀과 하루 10엔의 반찬비를 주었다. 당시 꽁치 한 마리가 10엔, 두부 한 모가 10엔의 가격이었다. 그것을 이래저래 삼등분해서, 아침, 점심, 저녁 삼시 세끼를 해결했다. 겨울이라 아침에 눈을 뜨면, 천장의 판자 틈에서 눈이 내려 이불 위에 쌓인 적도 있었다. 너무 추워서 정말 힘들었다. 가장 힘든 일은 담배 살 돈도 없어서 금단증상이 생겨, 결국 국도(国道) 변의 둑에 가서, 자동차에서 버려진 담배꽁초를 주워 피운 일일까. 그때 내가 그런 데서 숨어 지내는 사실을 안 활동가가 불쌍히 여겼는지 김치와 반찬을 가져다줬다. 그곳에 한 달쯤 있었을까. 다음은 후루이치(古市)로 이동하라는 지시가 왔다.

현재의 아사 기타쿠 야스후루이치(安佐北区安古市)로 이동한 후 써클을 만들었다. 조선인 지구에 사는 15~18세의 젊은 여성 35명 정도가 참석하는 학습회를 열었다. 나는 강사로 '사회과학발전사'를 가르쳤다. 아메바로 시작, 원시공산제사회에서 봉건사회, 계급사회로 이행하는 역사의 흐름을 계통적으로 배우자는 취지였다. 조선인 지구도 시대는 전진해 갔다. 여성도 조국을 위해 애국심을 갖고 떨쳐 일어나 공부하고 조직 활동에 이바지하려는 열기가 넘쳤다. 삐라를 만들고 배포하거나, 전봇대에 붙이거나, 활동가의 식사 준비를 하거나 하면서, 밤은 내 거처에 모여 학습했다.

그녀들의 활동 조직은 '조선인 조직'으로 공산당 조직과는 동등하지는 않았지만, 당시 공산당이 조선인 조직을 지도했다. 공산당중앙위원회 내에 재일조선인을 일본 내 소수민족으로 지도하려는 '민족대책부(민대)'가 있었다. 재일조선인은 본래 자신의 조국을 갖고 일본에 오는 공민이지만, 그때는 그렇게 생각하지 않았다. '민족대책부'의 직계조직으로 '민주민족통일전선(민전)'을 만들어 합법 활동은 '민전', 비합법 활동은 '민대'가 맡았다. 나는 '민대'의 지도를 받으며, 민전으로 조직된 개별 동포를 교육 · 계몽하는 활동도 했다. 그녀들도 민전에 소속했다.

100m 도로를 만들다

도망생활이라 해도 먹고 살기 위해서는 돈도 필요했다. 언제까지나 남에게 의지해서만 있을 수 없었다. 수입을 얻을 수 있는 직업을 구하려고 '실업대책사업(失業對策事業)'에 일본명으로 등록했다. 단죠 기요시(壇上喜儀)라는 이름이었다. 후에 히로시마 시의회의 의원이 된 요시다 지헤이(吉田治平)가 당시 '자유노동조합(自由勞動組合)'의 지도자였다.

나는 그곳에서 노동자의 한 사람으로 곡괭이나 삽을 가지고 지금의 100m 도로[5]를 만들었다. 당시 100m 도로는 실은 미군 활주로로 사용될까봐 반대도 많았다. 나도 반대한 한 사람이다. 그곳에서 하루 노동해서

---

5) 100m 도로는 일본 패전 후 일본 본토 공습으로 피재당한 일본 각 도시의 부흥을 위해 '전재부흥원(戰災復興院)'이 입안하고 1945년(쇼와 20년) 12월, 각의 결정된 '전재부흥계획기본방침(戰災復興計画基本方針)' 가운데서 계획되었다. 전재부흥원은 장래 자동차 사회의 도래를 예상해, 주요 간선도로 폭을 대도시는 50m 이상, 중소도시도 36m 이상으로 정했다. 더욱이 필요한 경우 녹지대와 방화대를 겸하도록 100m 폭 도로를 건설했다. 당초는 전국 24개의 100m 도로가 계획됐지만, 일본점령군 GHQ가 "패전국으로 훌륭한 도로는 필요없다"고 반대하니, 1949년(쇼와 24년) 도지라인에 근거한 긴축재정 등에 따라 나고야시 2개, 히로시마시 1개만이 실현되었다.(역주)

240엔의 임금을 받았다. '니코욘(ニコヨン)[6]'이라 했다. 일은 토목작업이었지만 강한 조직이었다. 당시 공산당원이나 공산주의자로 직장에서 쫓겨난 인텔리가 수다하게 그곳으로 들어왔기 때문이다. 신문사나 회사의 중핵으로, 노동조합이나 민주화 활동으로 분주해 그때문에 일방적으로 추방된 사람들의 두뇌 집단이었다. 따라서 일도 아주 하기 쉬웠다. 나도 그 안에 들어가 영향을 받고 함께 힘을 냈다. 그곳에서 만난 성원이 훗날 내 옥중생활의 전면적인 지원투쟁을 전개해줬다.

1년쯤 그곳에서 일했다. 그사이 공산당 군사위원회 활동도 활발해졌다. 미군철수와 일본 민주혁명의 실현을 위해 현재의 권력을 붕괴해야 한다. '삼반투쟁(三反鬪爭)'이라 불리는 반요시다(反吉田), 반재군비(反再軍備), 반미전쟁(反米戰爭)'을 호소했다. 그리고 일본인 청년의 '중핵자위대'와 조선인 청년의 '조국방위대', 두 개로 구분된 조직을 만들어 군사훈련을 전개했다. 전국에서 화염병 투쟁이 빈번히 일어났다. '오사카스이타사건(大阪吹田事件)', '도쿄메이데이사건(東京メーデー事件)', 규슈(九州)의 '파출소 폭파사건(交番署爆破事件)' 등이 연달아 일어나 '극좌 모험주의' 활동이 시작되었다. '마츠가와사건(松川事件)', '미타카사건(三鷹事件)' 등이 발생하고 국내는 소란스러웠다. 조선인은 생활을 유지할 수 없어서 '일 내놔라! 생활 보호하라!'는 생활권 옹호투쟁을 전개했지만, 일 등은 있을 리도 없고, 할 수 없이 막걸리나 소주인 밀조주를 팔러 다녔다. 그것을 세무서가 탄압하면 다시 항의 행동을 벌였다. 투쟁의 선두에는 반드시 젊은 세대가 있었다. 나도 그 한 사람이었다. 당연히 당국으로부터 해코지를 당했다.

경찰은 내가 히로시마에 있다는 사실을 어렴풋이 감지한 듯 했다. 그

---

6) 공공 직업소개소의 알선으로 일하는 일용 노동자의 속어. 일급이 240엔이었는데, 100엔을 하나의 단위로 세어 200엔 두 개와 40엔의 네 개라는 뜻.(역주)

러나 위명(僞名)으로 살고 있었기에 좀처럼 증거를 잡을 수 없었다. 그사이 경찰은 후루이치(古市)의 조선인 지구에서 나와 함께 활동하던 경(慶)이라는 남자를 스파이로 길러 냈다. 경 씨는 경찰 본서의 형사에게서 약간의 돈이나 물품을 받으면서 내 정보를 잇달아 팔아넘겼다.

체포

1952년 4월 29일 쇼와 천황 탄생일에 히로시마에서 화염병사건이 일어났다. 5월 1일에도 발생했다. 세무서 항의투쟁, 밀조주 탄압 항의대회 등이 연이어 일어나고 거리의 분위기는 긴박했다. 그런 가운데 맞은 5월 3일 헌법기념일이었다.

새벽에 가이타에 살던 한 여성이 레포(レポ)[7]를 갖고 전령으로 왔다.

'5월 3일 새벽, 적의 탄압 있음. 엄중 경계를 요함.'

가이타(海田)의 조직에서 우리 간부 앞으로 보낸 레포였다. 나는 그것을 갖고 간부인 S 씨가 있는 곳으로 달렸다. 그리고 지시를 기다렸지만,

'음~ 상황을 좀 봅시다.'

천하태평이었다. 내쪽은 맘이 놓이지 않아서 동료를 설득해 잠을 안자고 파수를 봤다. 날도 밝아와서 오늘은 이제 괜찮겠지 하고 안심하려던 그때였다. 쫘~하고 엄청난 수의 경찰관이 밀려오는 광경이 보였다. 지구(地区)를 포위한 그 수는 나중에 듣기로는 1,300명이었다고 한다. 그들은 공식상, 밀조주 적발로 찾아왔다. 마침내 내가 숨었던 조선인 집에도 왔다. 나는 마루 밑에 숨었다. 그사이 한 명의 경찰관이 마루 판자를 뜯고 회중전등으로 비추면서 고함쳤다.

---

7) 레포: 레포트의 약칭으로 암호로 쓴 연락표. 체포되면 안되므로 조그마한 종이에 써서 돌돌 말아, 머리카락 안에 핀으로 누르고 감추거나 해서 날랐다.

'그곳에서 뭐하나!'

나는 물론 잠자코 있었다.

'나오라!'

나갈 수 있겠는가! 그럴 수 없었다.

'안 나오면 쏜다!'

그 경찰은 회중전등의 등불로 권총을 조준하고 겨누었다. 하는 수 없이 나갔다.

경관은 내가 그곳에 무엇인가를 감췄다고 생각한 듯싶어, 개처럼 찾기 시작했다. 나는 온순히 밖에서 기다렸다. 어떤 것도 감추지 않았으므로 찾는다 해도 나올 리 만무하다. 밖으로 나온 경관은 기다리던 녀석과 소곤소곤 이야기 하고

'이놈 수상하다! 아무 것도 감추지 않았는데 무엇 때문에 숨었느냐?'

라고 물으면서 상사에게 보고하러 갔다.

잠시 후 제복차림의 경관과 사복의 남자가 동행해 왔다.

'저 남자입니다.'

처음의 경관이 나를 가리킨 순간 그놈이 외쳤다.

'오! 이놈은 이실근 아닌가! 체포하라!'

'뭣 하는가!'

'불문곡절(不問曲折)! 당장 체포하라!'

집을 에워쌓던 경관들이 일제히 내게 달려들어, 수족을 잡은 채로 마을 입구까지 가서 트럭에 던졌다. 아야 생각할 겨를도 없이 수갑이 채워졌다. 그곳은 붙잡힌 사람들로 넘쳐났지만, 그대로 싸이렌을 울리며 빠른 속도로 국도를 달려 나갔다. 나는 모토마치(基町)의 히로시마구치소(広島拘置所)로 연행됐고, 철창에 감금되었다. 순식간에 벌어진 일이었

다. 그날 붙잡힌 사람은 5~60명에 달했다.

히로시마구치소

뭐가 뭔지 모른 채, 순식간에 모토마치 히로시마구치소로 연행되었다. 일단 한 방에 7~8명이 함께 지내는 잡거감방으로 나를 집어 넣었다. 먼저 온 이들은 아직 형이 확정 안 된 피의자나 피고인이었다. 그들은 내가 일반 형사범이라 생각한 듯 재빨리 뭔 짓을 해서 연행됐는지 질문을 마구 해댔다. 공산당 사건과 관계되었다고 말하자, 순간 조용해졌고, 그 이후로 나를 대하는 태도가 아주 좋아졌다.

그곳에서 나는 구치소 처우 개선에 착수하려고 생각했다. 예컨대 '수용자도 신문을 자유롭게 읽도록 한다'든가 '운동 시간을 길게 한다'와 같은 내용이었다. 그렇게 하기 위해서는 먼저 책임자와 만나야 한다. 자! 어떻게 할까…

마침 그때 수염 기른 역인(役人)이 간수를 데리고 잡거감방의 복도를 지나갔다. 실로 꼰 금줄이 옷에 붙어 있었다. 저 놈은 좀 지위가 높은 놈이라 생각하고 물어보니 간수부장인 듯싶었다. 별명이 '라이온(사자)'이라 한다. 그러고 보니 과연 수염을 길들인 큰 얼굴이 사자와 꼭 닮았다.

"저놈을 부르기 위해서 어떻게 하면 될까!"

"그건, 사자가 울부짖듯 우워~ 하고 외치면 좋지 않을까!"

좋아! 나도 한창 무서울 게 없는 나이였기에 말한 대로 해보자고 맘을 먹었다.

"우워~!"

반응은 즉효였다. 크고 굵은 목소리로

"누구냐~!"

대답이 돌아왔다. 그러나 복도에서 보면, 동일한 감방이 나란히 즐비해 있으니, 누가 외쳤는지 분간해내기가 쉽지 않은 듯 했다.

"스스로 나와라!"

나는 잠자코 있었다.

"좋다! 스스로 나오지 않는다면, 그래, 좋다! 오늘 점심 식사는 전원 없다!"

나는 한두 끼니 굶어도 괜찮으나 다른 사람까지 먹지 못하면, 그들이 나의 적이 되버린다. 그러면 큰 일이다. 철장에서 손을 꺼내 팔랑팔랑 흔들며

"우워~라고 제가 했습니다."

라고 솔직히 말했다.

간수부장과 2명의 간수가 다가왔다.

"자넨가? 좋다. 문을 열어라!"

부장의 명령으로 2명의 간수가 열린 문에서 나를 양팔에 끼고 관리부 보안과라는 곳으로 연행해 갔다.

관리부에는 관리부장이 있고, 그 밑에 보안과장, 그리고 지금의 간수부장이 있다. 곧 수갑을 채우고, 이름을 불렀다. 수감자 신분이 기입된 신분장을 가져오라고 하더니, 잠시 훑어보고

"자넨 예의 공산당사건인가?"

"그렇습니다."

'너'에서 '자네'로 승격했다.

"그런가? 자넨 공산당인가. 왜 아까 저기서 우워~라고 말했는가?"

"예, 자초지종을 설명하겠습니다. 다만 내 이야기로 저기 감방 안 사람에게 피해가 가면 곤란합니다. 괜찮을까요?"

"좋다! 그것은 괜찮다. 약속하마."

"그럼 이야기하겠습니다. 실은 부탁하고 싶은 내용이 있는데, 보아하니 당신이 아주 지위가 높은 분처럼 보여서 당신을 불러 세우려면 어떻게 하면 좋을까를 주변 사람에게 물어봤습니다. 그러자, 아아, 라이온(사자)이라 말했습니다. 과연 사자와 비슷하다고 감탄하며 보고 있는데, 사자를 부르는 데는 사자처럼 울부짖으면 된다고 가르쳐줬습니다. 그래서 그대로 해봤습니다."

이것을 듣고 부장은 정말 크게 웃었다. 마치 진짜 사자가 울부짖는 듯한 소리로….

"글쎄 나도 오랜 기간 여기서 일해 내게 사자라는 별명이 있다는 사실은 알고 있다. 그러나 사자를 향해 정면으로 우워~!라 외친 자는 자네가 처음이다. 아니, 아니, 마음에 들었소!"

그리고 이렇게 이어 말했다.

"자네가 여기에 있는 동안, 가능한 한 내가 잘 돌봐주겠다. 대신 구치소 내 규칙에는 크게 반하지 않도록 생활해주게! 너도 아다시피 여기는 나쁜 놈도 많이 들어있다. 자네가 놈들을 선동하기 시작하면 손쓸 수 없게 된다. 그런 측면은 잘 부탁한다."

이런 이야기로, 결국 그곳에 10일간 있었다. 10일 동안 그는 특별히 잘 해주지는 않았지만, 괴롭히지도 않았다. 그때 구치소 주변에서 연일 계속 소란스럽게 큰 데모가 있었던 듯싶은데, 나는 그런 사실을 전혀 몰랐다.

재판사(裁判史)상 최초의 법정탈취 사건

검사에게 위협도 받았으나 그래도 나는 비교적 느긋하게 구치소 안에서 지냈다. 그러나 10일 동안 구치소 주변은 '자유노동조합'이나 조선인 조직, 공산당의 합법조직 등이 연일연야(連日連夜) 데모를 전개했다. 대부분의 사람은 석방됐고, 최후로 4명이 남았다. 50대 연장자, 3~4살 아래 청년, 그리고 2살 위 청년, 그리고 나, 이렇게 4명이었다.

"애국자를 석방하라~!"

"그들은 억울하다~!"

떠들썩한 분위기에 검찰당국도 참을 수 없다며, 10일 후인 13일, '구류이유개시공판[8]'을 열었다.

히로시마지방재판소(広島地方裁判所) 제2법정이었다. 가장 넓은 법정이었지만, 많은 사람이 몰려들어 10시 개정 예정이 오후 1시까지 연기되었다. 사실은 그동안 지원자의 대표가 재판소와 내내 이야기를 했다. 물론 우리는 전혀 몰랐지만, 그날의 공판에서 인정신문(人定訊問)[9]을 마치면 석방한다는 재판관과의 약속이 있었던 듯싶다.

드디어 공판이 시작되었다. 우리는 피의자석에 앉았다. 재판관이 알렸다.

"지금부터 구류이유개시 공판을 시작하겠습니다."

방청석에 앉은 지원자는 이 재판으로 저 4명은 석방된다고 내심 안심하면서 경과를 지켜봤다.

그런데 재판관은 인정신문을 끝내며, '석방!'이란 단 한마디도 않고, 폐정을 선언해버렸다. 방청석은 시끄러웠다.

---

8) 구류이유개시공판(拘留理由開示公判): 경찰에게 체포되어 처음 48시간이 지나면 검찰에게 넘겨진다. 검찰은 10일간의 구류기간 중 체포자의 죄를 조사하고 기소할지 불기소할지 결정해야 한다. 그 기간에 구류이유를 개시하는 공판이 열린다. 이것은 죄인이라 할지언정 권리로서 법률로 결정되어 있다. 10일간으로 부족할 때는 재판소에 구류연장을 요구하고 다시 10일간 구류할 수 있다.

9) 법률용어로 실질 심리에 들어가기 전 피고인으로 출석한 사람이 공소장에 기재된 피고인과 동일한 사람인가를 확인하는 절차. 재판장이 피고인의 성명, 연령, 본적, 주소, 직업 따위를 물어서 확인.(역주)

"당신 약속이 다르지 않는가! 석방한다고 말해 놓고 어찌 된 일인가!"

"좋소! 당신네가 석방 안 한다면 우리가 데려가겠소!"

재판관은 입 안에서 뭔가 우물우물거릴 뿐 그대로 돌아가려 했다. 지원자 전원 모두가 일어났다. 어느새 어디에서 모였는지 이제 방청석만이 아니라 재판관석, 검사석 주변, 그리고 창문이란 창문도 우와~ 하며 사람들이 몰려들어 폭동이 일어나버렸다. 간수가 수갑을 채우려 했으나 수갑을 뺏기고 거꾸로 간수의 손목에 채워졌다. 검사나 재판관은 모두 꼼짝 못하게 됐고 몸을 움직이지 못했다.

우리 4명도 마찬가지로 몸둘 바를 몰랐다. 누군지 모르나 우리 동료가 나를 확 안았고, 뭐가 뭔지 모른 채 나는 이제 의식이 몽롱해졌다. 대혼란 속에서 내 몸이 붕~하고 떠오른 일은 기억한다. 릴레이 식으로 뒤로 점차 보내졌고, 우리 4명은 순식간에 문 밖 복도에 섰다. 놀라 주변을 보니, 그곳에 당국 사람은 아무도 없었다.

이제와서 새삼스레, 구치소 감옥으로 되돌아가는 일도 이상하니….

"그럼, 달아나도록 할까!"

삼십육계 줄행랑이 제일이다.

우리 4명은 밖으로 나왔다. 주위는 낯익은 사람뿐이었지만, 흥분해서 벌어진 듯한 일이었으므로 모두 내심 이거 큰일 났구나라고 느꼈으리라 생각한다. 그래도 그냥 흐름에 맡기고 도망치기로 했다. 재판소 담장을 넘어 아무것도 없는 허허벌판을 달려 도망쳤다. 소라자이바시(空鞘橋) 앞부터 원폭 슬럼가를 달렸지만, 나보다 나이 어린 정태중(鄭泰重)은 더는 달릴 수 없었다. 나는 일상시 언제 어디서나 싸우고 달아날 수 있는 체력 유지를 염두에 뒀다. 도망생활 속에서도 제공해준 음식물 포장지를

찢어 가늘게 꼬아, 새끼줄을 엮어 줄넘기를 했다. '젊은이여! 신체를 단련
해두라…[10]'를 실천에 옮겼다. 정태중에게 맞추어 달리고 있자니, 원폭 슬
럼가의 주변까지 경관이 쫓아왔다. 재판소의 선전차까지

"중죄 범인이 도주 중. 본 사람은 즉시 알리시오!"

등을 방송하면서 달려온다. 위태롭다고 생각하면서 도망칠 만큼 도망칠
수밖에 더는 방법이 없었다. 눈앞의 둑을 오르니, 둑 앞으로 2층 목조 건
물인 모자원(母子寮)으로 들어가는 길과 아오이바시(相生橋)로 가는 길,
두 갈림길이 있었다. 쫓아오는 경관은 점점 다가온다.

"태중아, 이거 자칫하다간 둘 다 잡히고 만다. 둘로 갈라져 달아나자!"

내 제안에

"형, 그럼, 내가 잡힐테니 형은 달아나소. 형은 중대한 임무를 맡고 있
으니 어쨌든 살아남길 바래."

그렇게 말하고 쫓는 경관의 눈에 띄기 쉬운 둑 쪽으로 올랐다. 나는 잽
싸게 왼측의 모자원 쪽의 길로 뛰어들었다. 그대로 모자원 2층으로 오르
고, 창문에서 보니, 태중은 아오이바시로 나가는 길에서 잡혔다.

뛰어들어간 모자원에서 젊은 어머니가 빨래를 하고 있었다. 나는 계속
달렸던 탓에 숨도 탁탁 막혔기에 놀래키면 안된다고 생각해 순간적으로
핑계를 댔다.

"아주머니, 지금 저기서 야구를 하는 데 안타를 치고 달려서 좋은데, 목
이 바싹 말라 버려서, 수도를 찾고 있습니다. 물 좀 주세요."

"아아, 여기요, 여기!"

---

10) 젊은이여 몸을 단련해놓으라…: 공산당원으로서 옥중생활을 보낸 시인, 누마야히로시(ぬ
   まやひろし)의 시, 「젊은이여(若者よ)」(쇼와 23年)—「젊은이여 몸을 단련해놓으라 아름
   다운 마음이 다부진 몸에 간신히 떠받치는 날이 언젠가 오리니 그날을 위해 몸을 단련해
   놓으라 젊은이여」.

수도에서 물을 벌떡벌떡 마시고 겨우 마음도 조금은 놓였다. 자! 다음은 어떻게 할까. 그냥 이대로 여기에 머무를 수도 없고….

"화장실 있습니까?"

아래층과 2층에 있다고 했다. 우선 2층 화장실을 좀 양해를 구해 사용하고 창문에서 아래를 살펴봤다. 그곳에 마침 내 지도자였던 활동가 두 명이 둑길을 걸어가는 모습이 보였다. 아아, 저기 막걸리집에 가는구나. 큰 소리로 부르자니 경관이 어디서 듣고 있을런지 모른다. 그러나 지금 그들을 붙잡고 이 상황에 어떻게 대처할지 의논하지 못한다면, 살아날 길은 없다. 진퇴양난, 머뭇거리며 방황할 틈도 없이 그곳에서 뛰어내리기로 작정했다.

"에이, 얏~!"

아래는 다행히 무 밭으로 지면이 부드러워서 발목을 약간 삐었을 뿐이었다. 발을 질질 끌면서 그들을 쫓았다.

아니나 다를까 간 곳은 막걸리집이었다. 둘은 놀라워했다.

"이렇게 도망치는 계획이라면, 왜 처음부터 저와 협의하지 않았소?"

내가 그렇게 덤비니까

"아니, 아니 그 일은 상황의 흐름상 발생한 일일뿐, 전혀 계획한 일이 아니었소."

"역시~"

"어쨌든 지금부터 어떻게 할지 생각해야 되니, 우선 한 잔 마시게나!"

나는 큰 사발에 찰랑찰랑 듬뿍 부어 준 막걸리를 쭉 한 번에 들이마셨다.

"글쎄, 간온마치(観音町)에 아지트가 있으니 거기라도 갈까?"

자전거, 넥타이 그리고 나막신을 빌려줬다. 안경쯤은 있는 게 좋다고 생각해 그것도 빌렸다. 그것들로 변장하고 자전거를 타고 갔다. 아직 대부분 불타 허허벌판으로 변한 거리, 히로시마에서 집을 찾기는 식은 죽먹기였다.

"미츠비시(三菱)의 사택이라고 말하면 곧 안다."

기운 내기 위해 한 잔 더 마시고 출발했다.

다시 체포

빨리 가지 않으면, 포위망은 점점 좁아진다. 지금의 아오이바시와 상공회의소 사이에 현재는 빠질 수 없지만 원폭돔을 향한 청소년센터로 들어가는 길이 있었다. 그 직진 길 네 모퉁이에서 경관이 6척 봉을 들고 기다리고 있었다.

"아아, 만사휴의(萬事休矣)[11]인가!"

아니 아니, 그렇게 갈 수야 없지! 또 다시 번뜩 나는 느닷없이 주정꾼 흉내를 냈다. 머리카락을 부수수 흐트러뜨려 앞으로 늘어뜨리고, 머리를 숙인 채,

"草津よいと~こ~, 一度は~おいで~, どっこいしょ！"[12]

노래 부르며 비틀비틀 자전거를 타며 경관 앞까지 가서

"어~이, 비켜라 비켜~!"

고래고래 시끄럽게 소리지르며 지나가려 했다. 그곳에 있던 한 명의 경관은 아아, 술취했나 하며 나를 피해 길을 내줬다… 하지만 그곳의 또 다른 한 명, 검찰사무관은 내 얼굴을 아는 자였다.

---

11) 모든 일이 헛수고로 됨. 중국 당나라가 멸망한 후 송나라가 통일할 때까지 멸망한 오대십국(五代十國)의 하나인 '형남(荊南 925-963)'이라는 나라의 왕 고종회가 아들 고보욱을 분별없이 귀여워한 결과 고보욱 대에 이르러 망한 데서 비롯된 말.(역주)

12) 재일조선인이 즐겨부르던 노래. '구사츠란 좋은 곳이 있네, 한 번은 오게나' 라는 가사.(역주)

"어이! 서라!"

그렇게 말하고, 자전거 짐대를 꽉 잡았다.

인간이란 참 신기한 존재로, 뒤에서 잡히면 자연히 앞을 향해 나가는 법이다. 그대로 나는 왼발로 페달을 힘껏 밟았다. 동시에 오른발로 도로와 뒤를 차자, 그가 엉겁결에 손을 놓았기 때문에 그 기세로 자전거는 전차길로 나갔다. 그러자 다시 운좋게도 나와 그 사이에 고이(己斐)행 전차가 싹 들어왔다.

'만사휴의(萬事休矣).'

이번에는 그에게 모든 일이 헛수고였다. 이제 잡히지 않을테다!

그곳에서는 이제 뒤도 돌아보지 않고 필사로 달렸다. 모토야스바시(元安橋)를 건너고, 공원을 지나 헤와오바시(平和大橋)를 달려 지나갔다. 몇십 분인가 페달을 밟고 밟아, 이리저리 헤쳐서 겨우 간온마치(観音町), 사택의 양(ヤン)이라는 동지의 아지트에 도착했다. 양 씨는 벌써 돌아갔다.

간온마치의 아지트에서는 먼저 식사를 하면서 혼란한 정신상태를 안정시켜야만 했다. 하지만 그곳에서 곧 다시 에바(江波)의 미츠비시(三菱)의 사택으로 이동하고, 일본인의 모녀가 사는 단독주택에서 4~5일간 신세를 졌다. 두 명의 이름도 모르고 그녀들도 나에 대해서는 어떤 점도 듣지 못했다. 다만 방 한 칸을 빌려, 따님이 가져다준 식사를 하고, 그 이외의 접촉은 일절 하지 않았다.

그곳에서 고이(己斐)의 산 위에 있는 다른 아지트로 이동했다. 비구니 수십 명이 생활하는 집이었지만 절도 아니었다. 그곳에 10명 가까운 히로시마대학(広島大学)의 남학생도 함께 생활하고 있었다. 나는 그 옆 빈집에서 묵었고, 학생들과 토론회나 학습회를 가졌다. 경험에 기초한 실천론을 강의하거나 혁명에 관해 이야기했다. 그 모습을 본 비구니들은 나를 학생 지도를 위해 온 사람이라 생각한 듯싶다. 제사 때 올리는 진수성찬을 내주거나 경계심도 갖지 않고 친절히 마음 써줬다. 그래도 혹시 일이 생기면, 그녀들에게 민폐를 끼치므로 10일쯤 있은 이후 미나미마치(皆実町)로 이동했다.

미나미마치로의 이동은 밤중에 결행했다. 만년필 모양의 회중전등을 신호등으로 쓰고 전후좌우로 호위해주는 학생이 붙었다. 지금과는 달리 그림자도 차도 대체로 없었기 때문에 아주 먼 곳에서도 그런 신호등을 점멸하면, 곧바로 위험한지, 안전한지 확인 가능했다. 고이에서 미나미마치까지 계속 걸어갔다. 꽤 먼 길이었는데, 도중에 다른 일로 나온 경관과 우연히 한 번 딱 맞닥뜨려 오싹했을 뿐, 무사히 미나미마치 아지트에 도착했다.

그곳은 M이라는 아줌마가 혼자 살고 있었다. 실업대책노동조합(失対労働組合)의 조합원으로 열심히 활동하는 확실하고 똑똑한 여성이었다. 큰 집에서 나는 2층 방 하나와 남아 있는 그 옆 방도 빌려 생활했다.

그곳에 잠시 있었지만, 위험을 감지한 조직에서 연락이 와서 아지트를 현외로 이동했다. 1952년 6월 10일. 법정탈취 사건 후 한 달이 지나가려던 참이었다. 그러나 연락을 받고, 미나미마치 아지트에서 기다리던 나를 마중와준 이는 동지가 아닌, 경찰관이었다.

당시 약속시간이란 30초의 오차도 없이 지켜졌다. 언제 적에게 습격당할지 모를 위험이 항상 옆에 도사리던 나날의 연속이었기에 시간엄수는 필수였다. 그러나 그날은 '6시' 약속이 6시 2분이 되도 오지 않는다. 안달

복달하고 있자, 6시 3분 쯤, 뭔가 옆방에서 인기척이 난다. 이상하다. 옆에 사람이 있을 리가 없다. 여기는 아줌마와 나밖에 없다. 아줌마는 아래층에서 자고 있을 텐데…. 나는 미닫이 사이로 살짝 엿봤다. 아뿔싸, 사복차림의 형사가 있다! 위로 올라오는 소리가 전혀 들리지 않았는데, 대체 어디서 나타났는지 다음엔 살짝 일어나 창가에서 아래를 봤다. 남색 제복 차림의 경찰관이 집 주변을 **빽빽히** 포위하고 있었다.

"햐~, 이거 어떻게 된 일이냐!"

이것이 바로 '도마 위에 오른 잉어[13]'다. 남자가 발버둥치듯 소란 피우면 일생의 수치다. 이제 어떻게 되든 좋다. 나는 방 한가운데서 큰 대자로 누웠다. 확 미닫이가 열리고 일제히 뛰어들어 왔다. 바로 수갑이라 생각했는데, 우선 붙박이장을 열고 이불을 한 장 한 장 넘겨 젖히며, 뭔가를 찾는 듯했다. 내가 무기랄지 기밀서류라도 감췄다고 생각했으리라. 하지만 어떤 것도 나오지 않았다. 나는 입은 옷밖에는 가진 게 아무 것도 없었다. 몸뚱이 하나로 도망다니고 있을 뿐이었다. 뭐 한가지도 나올 수가 없다.

아무 것도 발견 안 되니 이번에는 내게로 와서

"죄송합니다. 일어나십시오."

상황이 이렇게 되자, 자는 척도 못했다. 눈을 뜨고

"뭐야, 자네들은?"

"경찰입니다."

"경찰이 여기에 뭐하러 왔소. 인가에!"

"좀 물어보고 싶은 게 있는데, 일어나십시오."

"일어날 필요는 없소. 여기는 내 집이니까. 나는 여기 누워있을 뿐이

---

13) 남의 뜻대로 될 수 밖에 없는 상태.(역주)

요. 일일히 남의 방에 침입해, 들어와 일어나라는 게 무슨 짓이요!"

"아니요, 아니요. 아무튼 일어나십시오."

그렇게 말하고, 형사가 팔을 들며, 나를 일으켜 세웠다. 그리고 내 얼굴을 찬찬히 보고 나서

"아아, 이 자는 이실근이 틀림없소. 연행하자!"

저 후루이치(古市) 때와 똑같았다. 양 겨드랑이를 확 잡고 계단을 쫘악 미끄러지듯 내려가, 밑에서 기다리던 지프차에 태우고 그대로 싸이렌 소리도 요란스럽게 내며 순식간에 히로시마구치소로 연행되었다.

이렇게 해서 내 체포극은 끝났다. 한 달간 도망치다 결국 체포되었는데 그간 히로시마현 경관의 동향은 꽤 드라마틱 했던 것 같다. 정보를 수집하려고 시민에게 협력을 부탁했고 매스컴이 그것을 흘려 내보냈다. 그러자 시민이 있지도 않은 정보를 드문드문 제보했다. 그중에 '세토나이카이(瀬戸内海)의 무인도에 수상한 사람이 있는 것 같다'는 제보도 있었던 듯싶다. '그것은 분명 이실근이리'라고 해서, 해상보안청(海上保安庁)과 경찰이 한 부대가 되어 배로 상륙작전을 전개하고 섬 안을 포위해 수색했지만 고양이 한 마리도 안 나왔다고 한다. 먹고 살 수 없는 무인도에 나 혼자서 숨어 있을 리가 없다. 어리석은 놈들이다.

어쨌든 그런 사정이었지만, 결국 나는 체포되고, 다시 구치소로 들어갔다. 그때 내 나이 22세였지만 그로부터 30세가 될 때까지 햇수로 8년, 형무소가 내 살림집이 되었다.

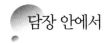

3장

담장 안에서

판결

6월 10일 체포되어, 이번에는 독방으로 배정되었다. 심리무시, 판결 중시의 스피드 재판이 진행되었다. 9월에 징역 15년의 구형이 있었고, 불과 한 달 후인 10월 14일, 제1심 판결로 징역 5년이 언도되었다. 구형 15년에 비해 5년이란 말하자면, 판결의 염가대매출과 같은 의미였다. 그러나 내가 무엇을 했다는 증거도 없었으므로, 정말 잘 조사하면 무죄가 될 법도 했는데, 정치범이라 엉망으로 날조해 한 달만에 판결을 내렸다. 판결이 내려진 법정에서 폐정 전, 피의자 4명이서 이렇게 외쳤다.

"일본공산당 만세~!"

그러면 참관하러 온 방청인들도 함께 외쳤다.

"만세~!"

또다시 어수선한 분위기가 되버렸다.

그 사건을 매스컴은 이렇게 썼다.

"피고인들은 형이 가벼워서 기쁜 나머지, 만세를 외쳤다. 더욱 엄중한 처벌 필요."

그래서 검찰이 고등재판소로 항소했다고 들었다. 우리 쪽도 항소했다. 이듬해 항소심에서는 덤으로 2년이 더 늘어 징역 7년의 판결이 언도되었다. 이는 '본보기 징계'였다. 할 수 없이 최고재판에 상고했다.

내가 체포된 죄명은 가장 먼저 미국에 대한 반전 삐라사건, 그리고 위명(僞名)을 사용하고 변장을 했으므로, 외국인등록증명서의 비휴대에 의한 '외국인등록법위반', 또한 재판소에서 도망친 '도주죄'였다. 후루이치(古市)의 조선인 지구 가택 수색 중에 어느 주택에서 권총이 나온 듯한데, 권총에 내 지문이 묻어 있을 리도 없고, 내 권총이라는 증거는 어디에도 없었지만, 권총 소유주는 이실근이라며 조작돼, '총포도검류법위반(銃砲刀劍類法違反)', 탄약도 나와서 '화약류취체법위반(火藥類取締法違反)', 게다가 52년 초에 후루이치 부근에서 일어난 화염병사건도 우리 조선인 그룹의 범행으로 날조되었다.

그때까지만 해도 화염병은 폭발물로 취급했다. 따라서 다이나마이트와 동일하게 '폭발물취체벌칙위반(爆發物取締罰則違反)'의 죄명이 붙었다. 우리 재판에서 최초로 최고재판이 '화염병은 폭발물이 아니라 연소물'이라 인정했다. 화염병사건은 죄명이 '폭발물취체벌칙위반'에서 '방화 및 방화미수'로 변경되었다. 그러나 최고재판은 그 사실만 명확히 했을 뿐, 우리 사건은 단 하나도 해명하지 않은 채 판결을 내렸다.

재판소에서 데리고 나간 '법정탈취사건'도 우리들 자신의 의지로 도망치지 않았으며, 게다가 계획적인 탈취도 아닌 자연발생적으로 일어났는데, 때마침 사진까지 찍혀서 그것을 증거로 '법정탈취죄'가 적용되어, 찍힌 사람들이 차차 체포되었다. 조선인도 일본인도 있었지만, 5~60명에 달했다. 그래서 징역 1~2년 형을 복역한 사람도 있었다. 일본 국가권력도 조바심에 조급했고, 자신들 비위에 거슬리는 조직은 닥치는 대로 모조리 파괴를 겨냥했기에 사건 자체에 대한 심리는 전혀 행해지지 않은 채, 판례 마련에 광분했다. 그런 까닭에 내 경우도 2심 판결 후 단지 1년 2개월이라는 단기간으로, 1954년 1월 25일 형을 확정했다.

'조폭'과의 만남

그런데 나는 예전에 '야쿠자 활동가'라 불린 적이 있다. 원래 내게 야쿠자다운 면모도 있지만, 그보다도 옥중생활에서 안 거물급 야쿠자 친구 4명이 있다는 사실 이외 아무 것도 아니었다. 벌써 고인이 된 히로시마의 3명, 그리고 지금도 야마구치에서 건강하게 살고 있는 Ⅰ 씨다.

고인이 된 히로시마 A 씨의 이야기를 해 보자. 그와는 히로시마구치소에서 서로 아는 사이가 되었다. 폭력단항쟁사건[1]이 빈발했던 전후 히로시마, 1950(昭和25)년 제1차 히로시마권총사건을 시발점으로 52년 구레(呉)권총사건, 그 2년 후에는 미요시(三次)권총사건, 60년 히로시마항쟁사건 등, 유혈사건이 연달아 계속 발생했다. 히로시마는 원폭 피폭도시로 유명할 뿐만 아니라 '폭력의 거리'로 불리며, 영화 '무한전쟁(仁義なき戦い)'으로 일약 전국에 명성을 떨쳤다. 그런 와중에 당시 A 씨는 히로시마에서 제일 가는 두목으로 많은 부하를 거느렸다. A 씨와의 처음 만남은 구치소 내 짧은 운동 시간이었다. 그날도 내가 언제나처럼 좁은 운동장을 거닐고 있자니, 한 명의 남자가 다가왔다. 그리고 말을 걸어왔다.

"실례지만 이 씨입니까?"

처음 본 얼굴이지만, 안광이 예리했고, 일종의 위압감을 느끼게 한 사

---

1) 히로시마항쟁은 1950년경부터 1972년까지 히로시마에서 일어난 폭력단항쟁을 총칭. 경찰청에 따른 명칭은 히로시마권총항쟁사건. 제1차 히로시마항쟁(1950년경), 제2차 히로시마항쟁(1963년 4월 17일~1967년 8월 25일), 이외 제3차 히로시마항쟁(1970년 11월~1972년 5월)이 널리 알려져 있고, 내부 항쟁을 포함 5차까지 발생.(역주)

내였다.

"뉘신지요?"

라고 물었다.

"나는 A라는 조폭자로 이 씨와 사는 세계가 다른 놈입니다."

라고 말한다.

"조폭자인 당신이 도대체 내게 무슨 용무가 있는지요?"

거듭 물어보니

"실은 당신에게는 아무런 원한도 없고 이런 일을 말할 의리도 없지만, 나도 사나이로 부탁 받은 일이니 아무쪼록 나쁘게 생각 말아주시오."

라고 서론을 말하고, 이렇게 말하기 시작했다.

내 담당 검사가 A 씨에게 내 앞으로 전언을 부탁했다고 한다. 그 시기 일본 국가는 국내에서 공산주의 혁명을 추진하는 일당을 파멸시키려고 했다. 야쿠자에게도 국가를 위해 협력해주길 바란다고 말한 듯싶다. 이(李)라는 조선인은 일본공산당 당원으로 보통 수단으로는 안 되는 놈이지만, 일본 현행법으로 놈을 처형할 수는 없다. 따라서 형이 끝나면 한국으로 강제송환해 총살형을 받도록 하려고 생각 중이다. 이 사실을 내게 약간 협박하듯 전해주길 바란다는 내용이었다.

나는 잠자코 이야기를 들으면서, 내심 검사의 비열한 방법에 부글부글 소용돌이치는 분노를 억누를 수 없었다.

"얼마나 더러운 놈들인가! 협박이라면 정정당당히 내게 직접 말하면 좋을 일일텐데, 하필 야쿠자의 부하를 시켜 협박하다니, 절대로 용서 못해!"

증오가 부글부글 용솟음쳤다. 그러나 화를 내봤자, 담장 안에서는 어떻게 할 도리가 없다. 그렇다고 해서 이대로 침묵한다면 검사를 더욱더 제멋대로 날뛰게 만들 뿐이다. 어떻게든 그 검사의 코를 납작하게 만들고 말리라 생각했다. 그 자리에서 A 씨에게 말했다.

"잘 알았습니다. 그럼 다음은 나의 회답을 그놈에게 전달해주지 않겠습니까?"

"그야 물론이지요. 회답을 듣고 돌아가지 않으면, 다만 어린이 심부름에 불과할 테니까요."

나는 검사에게 말하듯 A 씨의 면전에서 큰 소리로 욕설을 퍼부었다.

"N검사, 너의 메세지는 잘 알았다. 그런데 너는 더러운 놈이다. 인간쓰레기다. 최고 학부까지 나와서 검사까지 된 사내가 그 정도 공부밖에 못했는가? 이 멍청아! 너는 나를 죽인다고 말한 듯싶은데, 그것은 아무리 생각해도 지금부터 7~8년 후의 일이 될 것 같구만. 그러나 네 편은 아무래도 수일 이내에 집과 가족 모두 불살라져 죽게 될걸세. 좋냐! 조심하거라…. 음, 이런 식으로 전달해주십시오!"

A 씨는

"음, 당신의 심정은 잘 알겠지만, 그래도 이 안에 있으면 어쩔 수 없지. 단념하는 게 좋지 않을까!"

라고 우물쭈물 말한다.

"아니, 걱정할 필요는 없고! 내게는 매일 같이 동지들이 면회하러 오니까! 그들과 연락이 되면 2~3일 내로 처리되오. 어차피 죽는 데, 그 정도 일을 해두지 않으면 화가 치밀어 참을 수 없을 것 같아서 말이오!"

대화를 주고받은 이틀 후 A 씨가 다시 내게 다가왔다. A 씨의 표정은 처음 만났을 때와는 달리 확실히 편안한 모습으로 내 옆으로 와서 이렇게 말했다.

"야~ 이 씨. 검사놈에게 당신의 전언을 들려주니, 그놈 얼굴이 새파래

졌소. 그때 말은 모두 농담이니까 모두 취소한다고. 그러니 기분 상해하지 말라고 전해달라는데, 손을 떨고 있었소. 보기만 해도 불쌍했소. 이번은 좀 참아주게나."

나는 내심 '빌어먹을 놈'이라 생각했지만, A 씨의 입장을 고려해서

"잘 알겠수다. 우리 서로 형기(刑期)도 길고 하니 몸조심하며 힘냅시다!"

그렇게 말하고 헤어졌다. 그 후 그는 7년 형을 복역하기 위해 시코쿠(四国)의 모(某) 형무소로 이송되어 갔지만, 형사범이라서 5년 남짓한 기간으로 가석방되어, 나보다 먼저 사회로 복귀했다.

그 후 나도 8년째 무사히 형을 마치고 출옥했다. 히로시마에서 재회할 때, A 씨는 상당한 힘을 갖고 득세하고 있었다. 그는 내가 정말 살아 돌아와서 친동생처럼 기뻐해줬다. 그리고 '조폭'도 아닌 내게 '출소 축하'라 해서 많은 젊은 조폭패들과 함께 성대하게 축하해줬다. 게다가 후에 '3대째' 두목이 된 Y 씨를 내게 소개하며 한마디를 덧붙였다.

"나와 형제같은 사람이니까, 잘 대해주게나!"

나는 지금도 그때 A 씨의 우정을 잊을 수가 없다. 그때의 일을 지금 새삼스레 생각해보니 혹시 내가 그때 N검사의 협박에 동요하고 불안한 표정이라도 보였다면, 당시 저 형무소에서 그만큼 세력을 행사하던 야쿠자 일당 틈에서 '고양이 앞의 쥐'처럼 밖에 생활 못했으리라 생각한다. 활동가, 특히 공산주의자는 자신이 어떤 환경에 처해도 의연한 태도를 취하는 일이 중요하다. 어떤 역경에 처해도 동요없이 그 사정을 되받아 역으로 자신에게 유리하게 움직이도록 창의성을 발휘하며, 자신의 대우를 변혁시키는 운동을 늘 일구는 주체성을 가져야만 한다. 정치활동을 하는 자는 '투쟁하는 자세'야말로 생명선이며 그것이야말로 본인과 집단을 지

키는 무기라는 사실을 그때 교훈으로 얻었다.

마음을 나눈 동지

정태중(鄭泰重). 내가 마음으로 신뢰할 수 있는 동지. 그와는 지금도 계속 친하게 교류하고 있다. 법정탈취사건으로 함께 투옥된 4명 중, 마지막까지 석방되지 않은 사람이 나와 그였다. 정 동지는 그때 아직 소년이여서 이와쿠니(岩国) 소년 형무소로 이감되었다. 내가 비합법생활을 계속하던 즈음부터 그와 사귀었다. 양친과 형제에게도 이루 말할 수 없을 정도로 신세를 졌다. 법정탈취로 추격자를 피해 도망다닐 때 마지막까지 나와 함께 행동하고 결국 체포될 때, '형, 그럼, 내가 잡힐테니 형은 달아나소'라 말을 남기고 추격자 눈에 띄기 쉬운 쪽으로 달려 나가, 나를 도망가게 해준 그였다. 그의 동지애, 희생정신, 그 용기를 나는 결코 못 잊는다.

그는 '3년 이상 5년의 부정기형(不定期刑)'을 확정받고 이와쿠니 소년 형무소로 갔다. 하지만 전술했듯이 당시 조선계 정치범은 형기 종료 후, 나가사키현(長崎県) 오무라(大村) 수용소로 이송되었다. 오무라 수용소는 한국에서 온 불법입국자를 일시 수용해, 본국으로 송환시키기 위한 장소였다. 하지만 북한계 정치범은 일본에서 형기 종료 후 그곳에 수용되어 한국으로 강제 추방당한다. 그러면 한국에 가서 적국의 스파이로 간주되어 사형에 처해진다. 그런 시스템으로 수용소가 정치적으로 이용되었다. 따라서 무사히 형기를 마쳐도 다시 살아 만날 수 있다는 희망은 가지지 못했다. 여기에서의 이별이 그와의 마지막 생이별이 될런지도 모른다. 우리는 서로 구치소를 나갈 때는 언제 몇 시라도 철창에서 큰 소리로 외쳐 알리자고 정했다. 아는 간수에게도 어느 쪽이든 이송되는 날이 결정되면, 꼭 알려달라고 몰래 부탁했다. 그리고 드디어 그날이 왔다.

젊은 시절 이실근과 마음을 나눈 동지 정태중.

전날 밤은 한잠도 못 잤다. 새벽 5시쯤이었다. .

"형~ 간다~! 건강히 잘 있으라!"

그런 외침소리가 들려왔다. 이것으로 더는 만날 수 없었다. 이것이 마지막 이별이 되리라. 그렇게 생각하면서 철창을 힘껏 쥔 채 얼굴을 대고

"태중아! 반드시 살아서 돌아오라! 살아 있으면 반드시 만날 수 있다! 반드시 살아서 만나자!"

목청껏 외쳤다. 그러나 마음 속으로는 정말 이것이 마지막이 되리라… 가슴이 미어질 듯 마음 아팠고, 하늘에 빌 수밖에는 없었다.

그때로부터 조금 지난 뒤, 나도 그를 이어 야마구치 형무소로 이송되었다.

야마구치 형무소

히로시마지방법원에서 대법원까지 전례없이 심리가 빨리 끝나, 나는 형 확정에 따른 수형자로서 형무소로 이감되었다. '초범에 7년 이하의 단

기형'이라 야마구치 형무소로 결정되었다.

추운 아침이었다. 아직 날도 새지 않았다. 어디로 향하는지도 모른 채, 손은 수갑, 허리는 굵은 밧줄로 감겨, 간수 7~8명과 함께 히로시마 모토마치(基町)의 구치소에서 이츠카이치(五日市) 쪽을 향해 논두렁 길을 달렸다. 어딘가 산중으로 연행돼 나는 틀림없이 죽게 되리라. 구치소 안에서 들은 N검사의 말이 뇌리를 스쳐 지나갔다. 마음 속에서 새로운 공포심이 솟구쳤다.

그러나 이는 단순히 나를 무사히 형무소로 보내기 위한 작전이었다. 형 확정 후 이실근이 다시 대중에게 탈취될까봐, 염려해서 새벽에 구치소에서 연행된 것이었다. 이츠카이치 역에서 산요혼센(山陽本線)을 타고 오고리(小郡) 역까지 갔다. 그곳에서 대기하던 승용차에 그대로 태워져 야마구치 형무소로 향했다.

야마구치 형무소의 감방은 메이지(明治) 17년경에 만들어진 형무소답게 소나무 각재로 만든 격자문이 껴 있었다. 송재(松材) 마루는 오랜 세월 수인(囚人)들의 출입으로 윤이 반짝반짝 빛났다. 내가 들어간 독방의 넓이는 3첩 정도였다. 구석에는 간단한 뚜껑이 달린 화강암 변기가 있고, 그 옆에 세수하는 병, 그리고 얇은 이불. 그 외 아무 것도 없었다. 물론 엄동의 2월이라지만 불기운이나 온기도 전혀 없었다. 저절로 이가 떨렸다. 간수가 문을 열거나 찰카닥 닫는 소리에는 몸도 움츠러드는 듯한 기분이었다.

"아아, 이제 이것으로 나는 살아 돌아갈 수 없을런지도 모르겠구나!"

처음으로 그런 생각이 들었다. 하지만 그런 식으로 생각하면 더 더욱 약해진다. 이는 바람직하지 않다! 이런 일로 정신적으로 지면 끝이다. 추위로 병들고 죽어버릴 수도 있다. 우선 감기에 걸리면 안된다. 반드시 이

기리라! 그렇게 생각하며 마음을 다잡았다. 감방 안에서는 정좌(正座)하고 가만히 있어야 했으나 추워도 너무 추워 가만히 있을 수 없었다. 자연히 몸이 움직이며 3첩 독방 안을 왔다갔다 했다. 손에 숨을 불어넣어 비벼, 차가워진 몸을 따뜻이 하려고 했다. 주먹을 쥐고 '적기가(赤旗の歌)'의 한 소절인 비겁한 자야 갈테면 가라…를 부르며 걸어 돌아다녔다. 때로 간수가 창문에서 엿보고 이렇게 큰 소리로 외친다.

"이놈, 조용히 해라. 앉아!"
나도 지지 않고 말해줬다.
"낮에도 밤에도 감옥은 어둡다. 언제라도 귀신이 창문에서 엿본다."[2]
"이놈~!"
상대도 지지 않고 응수하지만 정치범인 내게는 이렇다 할 만한 제재도 하지 못했다.

어쨌든 나는 그런 식으로 지지 말자고 다짐하며 자신과 싸웠다. 나는 공산주의자다. 가령 여기서 죽어도 너희에게 지지 않겠다. 이를 갈며 정신력을 단련시켰다. 그렇지 않으면 '아아, 춥구나!' 하는 상태가 그대로 '아아, 힘들다, 괴롭구나!'로 되버리기 때문이다. 사상이 나를 도와줬다. 난 혁명가다. 아니 혁명가가 된다. 되려고 하는 인간이다. 아직 훌륭한 혁명가가 되지는 않았지만, 혁명가가 되려는 인간이 적의 권력 앞에서 굴복하는 일은 최대의 굴욕이 아닌가. 그렇게 자문자답하며, 이기자 이기자라며 자신에게 말했다. 그러한 사상신조가 없었다면, 도저히 살 수 없었다. 형사범이라면 속죄를 위해 일정의 형을 살면 된다. 자신의 죄를 스스로 속죄하면 되리라. 그러나 정치범은 다르다. 자신이 직접 범하지도 않은 죄

---

2) 고리키의 시, 『밑바닥(일명: 밤 주막)(どん底)』.

를 뒤집어 씌웠기에 적에 굴복한다는 일은 자신의 사상신조가 틀리다고 인정하는 행위다. 따라서 어떤 일이 있어도 버티며, 힘내야만 한다.

당시 나는 아직 소년기를 벗어난 지 얼마 안 된 청년으로 미숙한 존재였다. 많은 책에서 자극받던 시기이기도 했다. 옥중 안에서도 고리키(Aleksey Maxim Gorky)의 『어머니』[3], 고바야시 다키지(小林多喜二)의 『게공선(蟹工船)』[4], 이시카와 다쿠보쿠(石川啄木)[5]의 시 등 프로레타리아 문학으로 내 자신을 계발했다. 오스트로프스키(Nikolai Alekseevich Ostrovskii)[6]의 『강철은 어떻게 단련되었는가』 내용 중 '인간에게 가장 귀중한 것… 그것은 생명이다. 그것은 인간에게 한 번만 부여된다. 정처 없이 흘러간 세월이었다며 가슴 아파하지 않도록, 야비하고 하찮은 과거였다며 수치심에 몸부림치지 않도록, 이 생명을 살아내야 한다. 죽음에 임해서 전 생애와 모든 힘이 세계에서 가장 아름다웠다는 사실… 곧 인류 해방을 위한 투쟁에 바쳤다고 말할 수 있도록 살아야만 한다'[7]라는 한 구절. 그것에 감동 받아 내 자신도 그런 인간이 반드시 되리라 생각했다.

---

3) 고리키(1868~1936)의 1907년 장편소설. 억압과 무지에 찌들어 있던 러시아 제국 사회의 전형적인 프롤레타리아 계급 여인이 사회주의자인 아들을 통해 각성해 가는 이야기.(역주)

4) 고바야시 다키지(1903~1933)의 1929년 작품으로 일본 프롤레타리아 문학의 걸작. 북양 어업의 열악한 노동환경과 노동자(하급선원)들에 대한 가혹한 처우, 관리자들의 부당한 폭리를 사실적이고 역동적인 필치로 고발. 고바야시는 『게공선』 발간 후 4년이 채 안된 1933년 2월, 혹독한 탄압과 고문 끝에 사망.(역주)

5) 이시카와 다쿠보쿠(1886~1912): 일본의 시인. 이와테현(岩手県) 출생. 중학교 중퇴. 명성파(明星派) 시인으로 출발. 가난과 고독에 사로잡혀 메이지(明治) 말기, '시대폐색(時代閉塞)'에 날카롭게 감응해, 사회주의 경향으로 나아가지만, 폐결핵으로 요절. 일본 문학의 리얼리즘 확립에 공이 많으며 프롤레타리아 문학에도 영향을 끼침. 시집 『호각과 휘파람(呼子と口笛)』, 평론 『시대폐색의 상황(時代閉塞の現状)』 등.(역주)

6) 오스트로프스키(1904~1936): 소련 작가. 혁명에 모든 것을 받치는 새로운 인간상을 전형화. 대표작 『강철(鋼鐵)은 어떻게 단련되었는가(鋼鉄はいかに鍛えられたか)』.(역주)

7) 『강철은 어떻게 단련되었는가』, 하권, 102p. 岩波文庫.

그것은 이론적으로 맑스나 레닌, 스탈린이 이렇네 저렇네 하는 가르침보다 더 내게 깊은 감명을 줬다. 공산당중앙위원이고 시인이었던 누야마 히로시(ぬやまひろし)[8]의 '젊은이여(若者よ)'라는 시도 아주 좋아했다. 적기가의 가사도 좋아했다. 여러가지 그런 문학작품이 있어서 싸워나갈 수 있었다고 생각한다.

요주의 인물

이감된 지 얼마 안된 2월, 얼어붙을 듯한 추운 아침의 일이었다. 1년 중 가장 추운 2월의 야마구치 형무소는 말도 못할 정도의 추위였다. 원래 불기운이란 전혀 없는 곳이니 따뜻한 온기 한 점도 없었다. 화학섬유로 만든 수의(囚衣)를 걸친 40여 명의 수형자와 함께 어금니까지 덜덜 떨며, 얼어붙은 옥사의 감방에서 공장을 향해 걸어갔다. 공장이란 곳은 '시험공장'으로 신입생이기도 한 신입수형자들의 생활태도를 관찰하는 '관찰공장'이었다. 수형자는 여기서 약 한 달간 생활한다. 그사이 한 사람 한 사람, 품행과 생활태도를 관찰하며, 그 결과 각각을 공장에 배치했다. 그런 만큼 감시도 아주 엄격하고 담당간수도 마치 옛날 헌병처럼 냉혹하고 악마 같은 인간을 배치했다.

공장 안도 마찬가지로 불기운 한 점 없는 넓은 창고 같은 곳으로 모퉁이에 대양어업(大洋漁業)에서 수주 받은 어망이 산더미처럼 쌓여 있었다. 어망 앞에 드러난 흙 위에, 가늘고 기다란 매트리스가 깔려 있었고, 조잡한 판자로 만든 식탁이 나란히 놓여 있었다. 대략 그 중앙에 한 단 정도 높은 감시대가 있었다. 담당간수가 노려보며 위압을 행사하도록 마

---

8) 본명은 니시자와 다카지(西沢隆二, 1903.11.18.~1976.9.18.)로 시인, 사회운동가. 시인으로 활동시 필명, 누야마 히로시 사용. 필명의 유래는 'のやまひろし'를 에스페란토로 표기했을 때 '노야마(のやま)'가 '누야마(ぬやま)'로 들린다는 데서 유래.(역주)

련된 곳이다. 초범에 7년 이하 단기형 수형자를 수용한 야마구치 형무소는 전과자에 비해 다소곳하고 유순한 수형자가 많았다. 모두 순번에 따라 묵묵히 본인의 정해진 좌석을 향해 가 앉았다.

어쩐지 기분 나쁠 정도의 정적이 공기를 꽉 채웠다. 전원 착석을 확인한 간수는 다시 점호를 취하고, 눈을 부릅뜨고 전원을 둘러본 후 군대조로 가슴을 펴고 '배식!'이라 명했다. 그 한 마디를 목놓아 기다리던 수형자들은 식사할 수 있다는 기쁨에 한층 눈을 빛냈다. 식사 배식은 수형자 중에서도 이미 몇 년쯤 형을 살고 있는 고참자로 '소후(掃夫)'라 불리는 잡역수(雜役囚)가 담당했다. 밥에도 등급을 정했다. 노동의 경중 그리고 수형자의 계급에 따라 양(量)에 차이를 두어, 4등밥에서 1등밥까지 구별했다. 내가 최초로 간 '시험공장'은 식사를 배식하는 소후 이외는 모두 4등밥으로 양도 가장 적었다. 마치 대나무 통을 높이 5센치 단위로 잘라 그 안에 밥을 채워넣은 '오시스시(押し寿司)[9]'처럼 보였다. 그 상부에 원 안에 숫자 4(四)의 문자가 부조(浮彫)로 새겨 있었다. 그러나 밥이라 해도 속은 쌀이나 보리가 아닌 귀리(연맥(燕麥)의 일종으로 주로 목초로 사용된다.) 90%와 현미 10%의 비율로 밥을 지었다. 점성도 없는 데다 더해 귀리의 껍질이 많이 섞여서 마치 짚을 씹는 듯 했다. 소나 말에 주면 얼마나 기뻐할까, 그게 내 솔직한 심정이었다. 그리고 유일한 부식인 국은 건더기가 전혀 없고 소변색 스프만 나와서 수형자들 사이에서는 예로부터 '소변국'이라 불렸다. 물론 그 국이 처음부터 어떠한 건더기도 없었던 것 같지는 않다. 처음에는 건더기를 넣어서 끓이지만, 각 공장으로 배식하는 과정에서 내용물이 전부 퍼내지고, 신입수형자에게 이르러서는 내

---

9) 초밥의 한 종류로, 네모난 나무상자에 밥을 담아 그 위에 간을 한 생선 따위를 얹고, 뚜껑으로 누른 다음 적당한 크기로 썬 스시.(역주)

용물이 더 이상 없고, 그 결과 '소변국'이 되고 만다. 건더기는 형무소 내 얼굴역, 야쿠자, 역(役)을 맡은 사람 등의 입으로 들어가며, 간수도 그것을 승인, 묵인하는 실정이었다.

그런 나날의 식사풍경 가운데 어느 날 사건이 일어났다. 배식도 순조롭게 끝나고, 간수가 '식사 시작!' 호령을 내린 2~3분 후였다. 심한 추위와 배고픔을 견디면서 수형자들이 알루미늄제 반식기를 손에 쥐고 밥을 입 안에 넣으려고 하는 바로 그때, 어디선가 '짤가닥짤가닥' 식기 부딪치는 소리가 들렸다. 소리라 해도 별로 거슬릴 정도는 아니어서 들리지 않은 듯싶었다. 그냥 대부분 식사에 몰두했다. 나도 식사를 계속했다. 그런데 느닷없이 감시대에 있는 담당간수가 날카로운 눈매로 '식사 그만!' 하고 소리쳤다. 순간 수형자들은 놀라서 젓가락을 놓고 담당관에게 주목했다. 수형자의 표정에 분명히 불안과 공포가 뒤섞인 복잡한 동요가 일었다. 식사를 중단시키는 일은 처음이므로 더 더욱 그러했다.

간수는 수형자의 식사 중지를 확인한 후

"지금, 식기 소리를 낸 놈은 누구냐. 여기로 나와!"

큰 소리로 고함쳤다. 순간 모두가 숨 죽인 채, 쥐 죽은 듯 조용해졌다. 무엇을 당할지 모르는 불안과 공포로 머리를 아래로 향한 채, 움츠러들었다. 그 모습을 보고 담당간수는 다시 외쳤다.

"이 놈들! 왜 잠자코 있나? 솔직히 나와!… 그래? 안 나온다면 좋다. 그 대신 너희들 밥 먹을 생각마라!"

위협하기 시작했다. 그러나 광분한 얼굴에 더욱 공포를 느꼈는지 누구한 사람 이름을 대며 나서는 이가 없었다. 간수는 정말로 분노가 치밀었는지 몽둥이를 들고 수형자 한 사람 한 사람의 머리를 쿡쿡 찌르며, '너

야? 이봐 너야?' 끔찍한 형상으로 몹시 분해하며 발을 동동 구르기 시작
했다. 나는 그때 악마 같은 간수의 낯을 지금도 잊을 수가 없다. 마치 짐
승 그 자체였다. 그 무시무시함에 더 이상 감추면 모두에게 민폐를 끼친
다고 생각했는지, 한 명의 늙은 수형자가 불안에 떨며 일어나서는

"담당자님, 접니다."

더듬거리는 일본말로 이름을 대며 나섰다.

간수는 그의 얼굴을 보자마자 미친 듯이

"이놈아! 너야! 이 머저리! 이리로 와!"

수형자의 멱살을 잡고는 힘껏 끌고 감시대 앞까지 가서 느닷없이 군대
식 왕복 귀싸대기를 여러 차례 때렸다. 그리고 숨 한 번 고르고 나서,

"이봐! 너 이름 말해! 네 이름 뭔지 어서 말해봐!"

고함을 지르고 지금이라도 달려들어 물듯이 덤벼들며 말했다.

늙은 수형자는 공포로 부들부들 떨뿐 입안에서 낮은 소리로 중얼거렸
다. 하지만 확실히 알아듣지 못했는지, 다음에는 얼굴로 주먹이 날아 들
어갔다.

수형자는 그 자리에 쓰러져 울면서

"…김…입니다."

라고 대답한 듯싶다.

그런데 그 소리를 듣자마자 간수는 다시 불에 기름을 부은 듯 미치기
시작해서

"뭐야, 너, 센징(鮮人)이냐? 이 악독한 놈! 센징 따위가 시건방진 놈! 너
같은 놈은 죽여도 죄가 안 돼. 근성을 바로 잡아줄 테니 거기 앉으라!"

그리고 발로 차고 땅바닥에 앉혀 편상화로 차고 밟고 구타하며, 심한
폭력을 가했다. 늙은 수형자도 처음에는 '참아주세요!'라고 쥐어짜듯 목

청 높여 애원했으나 마지막에는 죽은 듯이 지쳐 축 늘어져 앉아버렸다.

다른 수형자들은 현장을 목격하면서도 아무래도 갇힌 몸이라 누구 한 사람 제지하는 이가 없었다. 처음은 다만 식기 소리쯤이니까 주의 정도로 끝나리라 생각해, 나도 보고 있었지만, 목전에서 전개된 지옥과 같은 참상에 참을 수가 없었다. 특히 간수의 민족차별 발언에는 격한 분노를 느꼈다. 이는 단지 한 사람의 수형자 문제가 아니라 수용자 전체의 인권과 관계되는 문제이며, 동시에 민족차별의 전형적인 표현이라 생각했다. 나는 내 처지도 생각지 않은 채 뛰어들어 갔다.

"기다려라! 당신, 아무리 간수라 해도 죄도 없는 인간에게 폭력을 가하다니, 그 무슨 짓인가! 단지 식기 소리 아닌가? 그때문에 발로 차고 밟고 게다가 센징은 또 뭐냐? 그런 게 용서된다고 생각하는가!"

단숨에 강한 어조로 말했다.

바로 그 순간, 내 쪽을 휙 뒤돌아본 간수는 충혈한 눈을 올려뜨고, 마치 미친 승냥이 같은 형상으로 내게 다가와서

"뭐야, 너, 지금 뭐라 했는가. 아~ 너 여기를 잘 모르는 것 같군. 좋다! 감옥의 무서움을 가르쳐주마!"

이렇게 고함치며 내 신체에 손을 대려는 듯 했다. 나는 순식간에 몸을 피하면서

"바보같은 놈! 내 신체에 한 손가락이라도 대봐라. 너는 순식간에 목이 날아간다. 그래도 좋다면 대봐라!"

하고 고함치며 대답해줬다.

당시 야마구치 형무소에는 '우베사건(宇部事件)'이나 '시모노세키사건(下関事件)' 등 조선인 권리를 위한 정치투쟁 사건으로 구속된 조선인 동지들이 많이 있었던 탓인지, 간수는 순간 '이 사내도 그런 류일지 모

른다'고 생각한 듯싶다. 폭력을 그만두고 담당대 벽에 붙은 비상단추를 눌렀다.

비상단추는 수용소 내에서 수용자들의 싸움이나 폭동이 발생했을 때 도움을 요청하는 비상벨로, 3분 이내로 특경대라 불리는 힘 센 다부진 명수들이 허겁지겁(おっとり刀)하지 않고, 곤봉을 갖고 뛰어온다. 이때도 간수가 단추를 눌러서 3분도 지나지 않았다. 순식간에 14~5명의 특경대가 뛰어와서 '이놈인가!' 하고 외치자마자 무저항의 나 한 사람에게 7~8명이 덤벼들어 위에서 덮치는 식으로 눌렀다. 그리고 곧 양팔을 뒤로 비틀어 구부린 후 수갑을 채워 양 겨드랑이를 잡고 보안과로 연행했다. 그야말로 눈 깜짝할 사이에 일어난 일이었다.

당시 보안과장이란 자는 '두꺼비'란 별명을 가진 두꺼비를 쏙 빼닮은 남자였다. 비만 체형으로 키도 작고 게다가 얼굴은 큰 데 목이 짧아서 걷는 모습까지 좀 앞으로 숙이니 틀림없는 두꺼비. 수용자들이 명명한 듯 싶은데 상대의 약점을 제대로 짚어 붙인 별명이었다. 이 '두꺼비' 놈이 나를 보자마자, 책상 위에 짧은 목만 놓아둔 듯이 하고서는 목매이는 소리로

"음~, 자네였구만. 얌전히 있어야만 한다고 그렇게나 말해뒀는데 곤란하구만. 여기는 속세가 아니란 말이다. 잠자코 있어 빨리 나갈 수 있도록 해야 하지 않는가? 어때. 알겠는가?"
라고 설교하기 시작했다.

나는 말이 끝나기를 기다려, 이번 사건의 경위와 진상을 자세히 설명했다. 그리고 저 폭력 간수의 즉시 파면과 부상 당한 수형자의 치료, 더불어 사죄를 강력히 요구했다. 게다가 당국이 만일 우리의 요구를 거절한다면 즉시 고소한다고 강한 어조로 항의했다. 순간 그는 당황해하는

동요를 보이며, 이번에는 태도를 바꾸어, 고양이 같은 목소리로 이렇게 말했다.

"마아, 그런 딱딱한 이야기는 말 안 해도 되지 않는가. 이야기하면 아는 일이니까. 이봐! 이상(李さん), 내가 자네를 잘 봐주겠소. 그럼 조금이라도 일찍 밖에 나갈 수 있게 할 수도 있소. 마아, 오늘 일은 내게 맡겨주지 않겠는가!"

나는 배 속에서

'이 더러운 너구리 같은 멍청이 두꺼비놈아. 나는 너희들의 감언이설(甘言利說)에 물타기할 정도의 멍청이가 아니다.'
라고 생각하면서

"과장님의 말씀은 매우 기쁘게 생각하지만, 그런 일은 하고 싶지 않습니다. 저는 방금 말씀 드렸지만 저만 혼자 처우를 개선받고자 말씀드린 게 아니외다. 소내 전체의 민주화를 도모해주십사 말씀드린 것입니다."
라고 강력히 계속 요구했다.

약 1시간쯤 주고받기를 계속했지만 결국 평행선만 달린 채 결론이 안 나자 귀방하라고 해 독거방으로 들어왔다. 나는 귀방 후 신속하게 간수에게서 엽서 한 장을 구하고 그 다음 날 내 주임 변호사인 히로시마의 하라다(原田) 선생 댁에 시급히 만나고 싶으니 면회 와주길 바란다고 써 냈다.

그런데 하라다 변호사는 시간이 안 맞아서 야마구치의 다나카 교헤이(田中曉平) 선생이 왔다. 피의자, 피고인 단계에서 변호인과 피고인이 면접할 때, 입회는 할 수 없다고 되어 있지만, 나처럼 형이 떨어진 사람은 간수가 입회하도록 되어 있다. 그것이 오히려 좋았다.

"타나카 선생님 바쁘신 중에 정말 감사합니다. 실은 형무소 내에서 큰 사건이 있어서 말이죠. 이곳의 간수가 수인을 발로 밟고, 차고, 묵과할 수 없는 심한 폭행을 한 큰 사건이 있었습니다. 저는 이것을 상해폭행사건으로 고소하려고 생각합니다. 내가 목격자로 증인이 될테니, 수속을 부탁 드립니다."

이것을 들은 간수가 놀라서 도중에 모습을 감췄다. 아마도 보고하러 갔으리라.

그날 면회는 고소를 검토한다는 내용으로 끝냈지만, 내 감방으로 돌아와서 5분도 지나지 않아 이번에는 형무소 No. 2 의 지위에 있는 관리부장이 나를 불렀다.

"나는 여기 관리부장입니다만, 당신은 조금 전 변호사를 만났지요. 그곳에서 나눈 이야기를 기록해두고 있는데, 그 이야기는 없던 일로 하면 어떻습니까? 당신도 언제까지나 남의 일에 관여하지 말고 자기 일에 발붙이고 열심히 하시오. 여기서 성실히 생활하면 우리 측도 하루라도 빨리 가석방할 수 있도록 그런 조치를 강구해 주겠소. 어서 자유로운 몸이 되는 게 좋지 않겠소. 아직 앞이 긴데. 지금 막 출발한 사람인데 남의 일만 신경 쓰면 본인은 좀처럼 나가지 못하게 될거요."

그런 절반 위협 같은 이야기를 해왔다.

"아니, 난 내 일은 어떻게 되어도 좋소. 살아 돌아가려고도 생각 안 하고 있고, 생각해본 적도 없소. 내가 여기에 있는 기간, 이 눈으로 본 일은 잊지 않겠소. 나는 그런 인간이요. 공산주의자란 그런 자요. 약자를 돕는 게 공산주의자요."

"하~ 어째서 내 말을 이해 못합니까? 알았소. 그만 방으로 돌아가시오!"

그날은 방으로 돌아왔지만, 20일쯤 지나서 다시 관리부장에게 불려나 갔다.

"너는 초범이라 야마구치에 이송됐지만, 여기는 7년 이하 단기형이 수 감되는 곳이고, 처우는 단기라서 더욱 엄격해. 초범은 꽤 엄격히 다루기로 되어 있어. 그런데 네게는 맞지 않지? 너는 젊고 더 편한 쪽이 좋을 듯 싶으니, 네 희망을 들어보고, 그곳으로 이관하려는 데 어떤가?"

"예컨데 어디로?"

"비교적 편한 곳으로 고쿠라(小倉) 형무소가 있습니다만."

"아아, 그렇습니까! 가족도 있으니 생각해보죠."

그 자리는 그것으로 물러났다.

감방은 매우 가늘고 길었으며, 독거방 수십 개가 나란히 있었다. 벽이 있어서 옆과 이야기는 못한다. 감방 뒤에는 철창이 박혀 있고 철망이 걸려 있다. 그곳에 올라서 큰 소리를 내면 소리가 옆으로 흘러 들렸다. 복도에는 간수가 있어서, 이 감방 뒤 철망을 향해 이야기한다. 안에는 마침내 학교시절 동기로 야쿠자인 하다노(波多野)란 사내가 있었다. 그는 나를 '이(李)'라 부르지 않고 일본명으로 불렀다.

"어이~, 야마무라(山村), 너 어데 갔었나?"

"아니, 관리부장에게 불려갔소. 이곳에 있으면 시끄러우니 다른 곳으로 옮기려고 하는 듯싶소. 고쿠라 형무소로 가지 않겠냐고 하는데…."

"고쿠라? 그곳은 정신병원이오. 마아, 모두 다 그렇다는 건 아니지만, 일부 정신 이상자를 넣고 있어. A, B, C라 서열을 매긴다면, C급이오. 머리 이상한 놈을 넣어 칭칭 얽어매어 꼼짝 못하게 수용하도록 되어 있소."

나는 그것을 듣고 부아가 치밀어 올랐다. 나는 미치광이 취급당했던 것이다.

곧 관리부장에게 면회를 부탁했다.

"관리부장님, 당신 눈에는 내가 이상자로 보입니까? 당신, 나에게 고쿠라에 가면 어떻겠냐고 말했지만, 그곳은 '미치광이 형무소'라지요."

"누가 그런 말을 하는가?"

"사실을 말해주십시오. 그렇지 않으면, 나는 이 일로 다시 문제 삼겠습니다."

그는 대답을 회피하고

"확실히 말하면, 당신에게는 이 형무소가 맞지 않소. 여기는 교육하는 장소이고 당신처럼 선동하려는 사람은 둘 수 없는 곳이요."

"그렇습니까. 그러면 원래 나는 히로시마에서 이송되어 왔으니, 히로시마로 보내주시오. 당신이 싫어하는데 억지로 있을 필요는 없지 않소. 형무소라면 어디에 가든 똑같을 테고."

"히로시마는 7년 이상의 장기 형무소니, 조금은 편할거요."

"그럼, 그렇게 해주세요. 히로시마에 가면 동지도 있고 그게 좋겠소."

그래서 곧 수속이 진행되었다. 가족에게 연락했는지 안했는지는 모르나, 야마구치에 가서 1년 후 히로시마로 되돌아왔다.

 정의와 전략

히로시마 형무소

히로시마로 이동했을 때는 봄이라서 따뜻했다. 히로시마는 내 활동의 본거지였으니 기분상으로도 편안했다. 법정탈취사건 등으로 유명해져서 내 이름은 널리 알려졌다. 야쿠자는 물론 형무소에서도 눈 깜짝할 사이 야마구치에서 이(李)가 온 듯하다는 소문이 퍼졌다.

히로시마 형무소에도 이상한 유명인이 있었다. 한 명은 '갱(ギャング)', 또 한 명은 '돈류(呑竜)'라 하는 두 명의 주임이었다. 용(竜)을 삼킬(呑) 정도로 무섭다는 뜻 같다. 큰 배를 내밀고 걸을 때도 하~하~ 숨을 내쉬었다. '갱' 쪽은 호리호리 했지만 수염을 기른 무서운 얼굴이었다. 이 두 명이 1,600명 규모의 수용소 내 보스 자리 주도권을 놓고 다투고 있었다. 그 놈들에게 잡혀 끌려가면 심하게 혼쭐이 나는 듯했다. 야쿠자를 비롯해 소란스러운 놈, 모두가 상대의 우위를 인정하고 경의를 표했다. 나는 이 두 명에게 차례로 불려갔다. 처음에는 돈류에게 불려갔다. 소총을 옆에 두고, 수갑을 찬 채 질문을 받았고 대답했다.

"이봐! 이(李). 당신, 야마구치에서 소란 피웠다구? 그런데 말이다, 자네 여기에서는 그런 식으로 못한다. 그것만은 잘 알아 두게. 내가 널 잘 봐줄 테지만, 내 말 듣는가? 어때?"

"그거야 말씀은 기쁘게 생각합니다만, 당신들이 어떻게 나오느냐에 따라 얌전할지, 시끄러울지 결정되는 거 아니겠소. 나도 융통성 있는 사람이니까."

"음~ 논리 꽤나 따지는 놈이네. 좋다. 잠시 독거방 안에서 반성하고 있어. 독거방에 들어가 있어."

그렇게 말해 독거방에 들어갔다. 그 후로는 말을 걸어주지 않았다.

2, 3일 후 다시 불려갔다. 다음에는 갱 쪽이었다. 정말 인상이 안 좋은 남자였지만, 말은 정중했다.

"이상(李さん), 너 말이야, 구치소 때부터 너 모르는 놈은 없는데, 나는

갱이라고 불리는 사람이다. 돈류와는 만났는가?"

"예, 2, 3일 전에 만났습니다"

"마아, 저놈이 어떻게 말했는지는 모르지만. 너무 신경쓰지 마라. 너 있는 동안은 내가 잘 봐주마. 뭔 일 있으면 내게 말해라."

음, 꽤나 비위를 맞춰줬다. .

"아아, 알았습니다. 고맙습니다"

"잠시 동안 독거방에 있어 주게. 내가 좋은 공장(작업장)으로 내려주겠소."

이는 갱 쪽이 더 뛰어났다. 잠깐 있으니, 다시 갱에게 불려갔다.

"자네 빨래공장에 내려가 볼래?"

"그거야, 몸을 움직일 수 있으면 어디라도 좋습니다. 독거방 안에서 꼼짝 않고 있으니 못 참겠습니다."

"좋아, 그럼 빨래공장에서 실컷 일해라."

빨래공장은 NO. 9 공장이었다. 간수인 우에노(上野)라는 사람은 좋은 사람이었다.

"우에노 씨는 어쨌든 좋은 사람이다. 내가 그에게 잘 부탁해 둘 테니 열심히 일해. 그 편이 건강에도 좋다. 몸이 망가지면, 네 자신만 손해니까."

갱이 조치를 취해줬다.

"고맙습니다. 앞으로 길게 남았으니, 무리는 안 하겠습니다."

공장에는 1급 무기징역자도 있었지만, 그놈도 다른 수용자에게 이렇게 말했다.

"저놈 귀하게 대해줘라."

형무소 자체에서 특별 취급을 받으니, 소내에서는 조금도 부자유스럽지 않았다. 부자유라면, 외출할 수 없는 사실 정도였다.

간수는 정말 잘 해줬다. 역시 내 인간성을 어느 정도 이해해줬기 때문이라 생각한다. 간수와 수용자라는 벽을 넘어 인간끼리의 서로 통함이 있었다. 가령, 형무소 살이 할 때는 어떻게 해도 기호품이 부족하므로, 달콤한 게 먹고 싶을 때가 있다. 그럴 때 간수가 이렇게 말한다.

"내 등에 뭔가 붙어 있지 않은지 봐줄래?"

그래서 뒤로 가보면, 이것을 먹으라는 식으로 엿이나 캬라멜을 슬쩍 몰래 넘겨줬다. 타인 앞에서는 건네주지 못하니 그렇게까지 해서 사랑을 주었다. 의복도 가능한 청결한 옷을 입도록 해줬고, 면회 시간도 자리를 피해줘 가족만으로 마음 편히 대화할 수 있도록 해줬다. 간수와의 관계, 다른 수용자와의 관계, 바깥 동지와의 관계, 모두 순조로와서 고된 역경 가운데서도 나는 행복했다.

그런 상황은 넝쿨째 굴러 떨어진 호박처럼 저절로 내게 떨어지지 않았다. 역시 내 투쟁의 성과였다. 내 인생 경험 중 귀중한 경험이었다. 내 자신의 교훈이 역시 고난 속에서도 싸워왔던 저 형무소 생활에서 되살려졌다고 생각한다.

형무소 안의 활동

이야기가 되돌아가지만, 구치소로부터 도망생활을 계속하던 내가 왜 체포되었는가? 그 문제는 계속 내 안에 의문부호처럼 남아 있었다. 내 은둔처를 아는 자는 상층기관 극히 일부였을 터다. 체포된 후 몇 번이나 변호사와도 면회했지만, 속사정은 전혀 알 수 없었다. 그러나 히로시마 형무소로 이동하고, 이케다(池田)란 동지를 만나 겨우 수수께끼가 풀렸다.

우연히 만나 간단한 인사를 나눈 후로는 좀처럼 기회가 없었는데, 한 달에 한 번 교회장에서 소장의 훈시를 듣거나, 외부에서 만담가나 예인

(芸人)을 부르거나, 영화를 관람할 때는 약간 이야기할 수 있었다. 나는 그 기회에 맞춰 그를 찾아서 말을 걸었다. 어느 날 그가 말했다.

"이 씨, 왜 당신이 잡혔는지 아는가?"

"내게는 알 기회도, 그 방법도 없었으니, 알리가 없지. 알고 있다면 알려주기 바라네."

"실은 현위원회의 내부 재정을 담당하던 사내가 돈을 다 써버리고 그것이 특심국(特審局) 일당의 귀에 들어갔소. 협박을 당하고, 그놈이 거래를 했네. 40만 엔으로 자네 거처를 알려줬다네. 이것이 진상일세."

아아, 그랬구나. 겨우 풀린 수수께끼였지만, 동시에 분노가 치밀어 올랐다. 그러나 발버둥쳐도 꼼짝할 수 없는 상황이었다. 구속된 몸으로 무엇을 할 수가 있는가. 이 일은 내 기억에 남겨두고 잠시 생각하지 말자. 생각해도 비참해져 화만 치밀 뿐이다. 그에게 감사의 예를 표하면서도, 활동가의 본능으로 한 가지 제안을 잊지 않았다.

"잠시 여기서 서로 생활하니, 동지는 많이 있다. 정기적으로 세포회의나 기관지를 만들고, 서로 정보를 교환하지 않겠나. 여기서는 당신이 들어와 시작한 지 가장 얼마되지 않은 사람이오. 외부로부터의 여러 정보를 써서 기관지를 만들어주기 바라네."

라고 말하는 내게 이케다 씨는 이렇게 대답했다.

"그거 좋은 생각이오. 맡겨주게나."

이야기는 순조롭게 척척 진행되었다.

물론 만든다고 말은 해도 인쇄 등은 가능하지 않으므로, 주변에 있는 좀 두툼한 종이에 연필로 쓰는 정도였다. 형무소 내에서 말하거나 쓸 자유가 있을 리 없다. 그러나 감방에 돌아가면 그곳에서 자유시간은 꽤 있었다. 쓸 뿐이라면 공부하는 듯이 보인다. 물론 들켜 내용을 읽는다면 큰 일로 벌을 받을 테지만, 무엇을 쓰는가까지는 좀처럼 알지 못한다. 쓴 내용을 다음 교회장에서 만날 때 배포한다. 영화 관람 때는 어둡기 때문에 착착 돌아다녀서 동지에게 전하고, 날 밝은 행사 때는 자유롭게 움직일 수 있는 수인(囚人)의 책임자에게 부탁해 넘겨 받았다. 그들도 우리가 정치범이란 사실을 알았으므로, 결국 보수도 없이 움직여줬다.

이렇게 소내에서 기관지 발행이 시작되었다. '세포회의'도 열었다. 지금은 어떻게 불리는지 모르지만, 공산당 제일 아래 하부조직을 '세포'라고 불렀다. 세포회의는 밝은 곳에서는 어렵다. 또한 모두가 집합한 듯한 곳에서는 앉을 장소도 정해졌기 때문에, 자유롭게 움직일 수 없었다. 공장은 10개소 정도 있었다. 취사, 세탁, 목수, 제재(製材), 신발제조, 양재 등의 공장이 있었지만, 공장 내에서 저쪽 아득히 먼 곳에 말을 걸 수도 없기에, 이곳에서도 역시 무리였다. 그 같은 사정으로 세포회의는 대체로 어두운 영화 관람 시간에 이뤄졌다.

"전기가 꺼진 후 대략 ○○ 수를 세는 동안 모여라!"

이처럼 사전모의가 이루어졌다. 그러면 막부말기, 지사들이 막부타도를 모의하던 때처럼 약속 장소로 모여들었다.

그곳에서 지금 바깥에서 어떤 투쟁이 전개되고 있는가, 일본과 한국 간에 포로석방 교섭이 진행되고 있는가, 그런 논의가 이루어졌다. 새로운 자가 들어오면, 새로운 정보가 들어온다. 일전에 기관지에 쓴 내용은 사실인가, 저것은 조금 애매한 점이 있다. 그것은 다음 면회 오는 사람에게 확인해보자 하는 방식이었다.

나는 당시 2급으로 한 달에 4번 면회가 허용되었다. 하지만 1급이면 매일이라도 면회가 가능했다. 그런 계급은 '누진처우령(累進処遇令)'이라는 소내 규칙으로 지정되어 있었다. 1급에서 4급까지 있었다. 1급이면 감색제복 안에 사복을 입을 수 있었다. 모자에 검은 선 하나가 들어가 있어, 소내를 자유롭게 걸어 다녀도 되며, 면회도 언제든 가능했다. 독서도 할 수 있다. 언제라도 가석방되는 상황이다. 밥도 좋아하는 음식을 마음 대로 먹을 수 있었다. 들어갈 당시는 4급으로 엄격한 규제가 있는 생활로 시작해, 점점 완화되어 가는 셈이다. 2급의 나는 비교적 얼굴 효과도 있어서 자유로왔다.

면회 날이 오면, 지난 번 세포회의에서 의문스러웠던 점을 물어보기로 했다. 물어본 결과를 전하는 데, 다음 세포회의까지 기다리면, 꽤 시간이 걸리므로, '기관지'로 전하기로 했다. 감방마다 간수 이외에 청소하는 수인이 있었다. 감방을 청소할 뿐만 아니라 역인의 전언을 전하는 일도 이 수인의 역할이었다. 이것은 2급 이상의 수인이 맡았다. 이 수인을 내 편으로 끌어들였다.

작은 레포를 만든다. 이것을 ○방의 ○○에게 넘겨달라고 말한다. 예사내기 같으면 곧 간수에게 가져간다. 그러나 야쿠자가 매섭게 쏘아보면, 배반했다가는 살해 당할지도 모른다고 생각해서, 나같은 놈이 부탁하면 아무 말 없이 확 잘 넘겨준다. 정보를 받은 자는 다시 곧 다음에게 전한다. 단지 몇 시간 내로 전체 소내에 있는 동지들에게 전달된다.

그런 식으로 의외로 빨리 날이 가고 달이 가서, 그다지 고통을 느낀 적도 없었다. 2급이 될 때까지는 1급이 안 되면 밖에 못나간다고 생각했지만, 원래 형무소에 들어간 시점에서 죽음을 각오했기에, 부질없는 발악은 하지 않으려고 결심했다. 비굴하게 굴어, 저들에게서 목숨을 구해받으려거나 하는 등의 생각에는 적응이 안 되었다.

나갈 수 있을지도 모른다고 처음으로 생각한때는 1959년, 출옥하기 2

년 전쯤이었다. 세상이 조금씩 변하기 시작하는 상황을 형무소 안에서도 느낄 수 있었다. 한국과 일본정부의 교환으로 정치범은 석방되는 게 아닌가라는 동향을 느꼈다. 그러나 달콤한 희망을 품고 스스로가 동요하면 안 된다고 생각해 되도록 그런 일은 생각지 않으려고 노력했다.

1급으로 승격

1957년이 저물어 갈 무렵부터 이듬해 연초까지로 소장이 교체되었다. 미야기(宮城) 형무소장에서 교체되어 온 하세바 마사토시(長谷場正寿)라는 사람이었다. 처음 인사에서 전체 수용자를 앞에 두고 이렇게 으스대며 젠체했다.

"나는 미야기에서 왔다. 그곳은 마츠가와사건(松川事件)[10]의 정치범이 많아서 여기보다 훨씬 힘든 곳이었다. 그러나 나는 정치적 편견을 갖지 않고, 여러 사람에게 대응해왔다. 가석방해야 할 사람에게는 가석방해줬다. 여기서도 성실하게 노력하는 사람에게는 소장의 권한을 활용해 적절히 너희들에게 돌려준다."

흥미롭다고 생각한 나는 곧 소장과 만나고 싶었고 '소장면접요청'을 제출했다. 바로 만나줬다.

"소장님, 저는 정치범입니다. 제 신분증을 보시면 아시리라 생각합니다만 저는 공산당원입니다. 현재까지 이미 5, 6년 복역 중에 있습니다. 보통의 형사범이라면, 소내에서 반칙도 사고도 없는 저 같은 인간은 가

---

10) 1949년(昭和24), 후쿠시마현(福島県) 일본 국철 도호쿠본선(東北本線)에서 일어난 열차방해사건. 하산(下山)사건, 미타카(三鷹)사건과 함께 제2차 세계대전 후 '국철 3대 미스테리 사건' 중 하나로 불리며, 용의자가 체포됐지만, 그 후 재판에서 모두 무죄를 받고 미제(未済)사건이 됨.(역주)

석방을 받아 지금쯤 사회에 나가 있을 테죠. 그러잖아 누진처우령으로 1급이 된 게 아닙니까. 저는 아주 고된 생활을 강요 당하고 있습니다. 이는 정치범 차별입니까? 아니면 민족차별입니까?"

그런 식으로 좀 강한 어조로 말해봤다. 그러자 소장은 몸을 앞으로 쭉 내밀고, 이렇게 약속해줬다.

"이야~ 그거 금시초문입니다. 지금까지는 어땠는지 모르나 내가 소장이 된 이상 그런 차별은 안합니다. 정치범 운운하지 않고, 하물며 민족차별 등은 절대 하지 않습니다. 당신이 성실히 열심히 일한다면, 당연 가석방 신청도 가능합니다. 그거 바로 신청해주겠소."

그로부터 3개월 후, 어느 날 나는 소장에게 불려갔다.

"이야~ 내가 그렇게 큰 일을 말했는데 역시 당신이 말씀한 대로 가석방은 어렵겠습니다. 결국 당신의 경우, 한국으로의 강제송환 문제가 있는 관계일까요? 일본의 형무소에서 완전히 형을 치뤘다 해도 일본에서 석방하지 않고 그대로 수갑을 채운 채 나가사키의 오무라 수용소로 연행돼, 나가사키에서 한국으로 강제송환해서, 한국의 경찰당국에 인도한다. 그러면, 저쪽에서는 정치범은 빨갱이, 빨갱이사냥을 하는 시대이므로, 그대로 처형이라는 수순을 밟는다. 아마도 그런 사정이 있어서 당신의 가석방은 어려운 게 아닐까요."

그 말을 듣고 나는 기뻤다. 이 사람은 훌륭한 인간성을 지닌 사람이다. 정말로 고맙기 그지없었다.

"소장님, 당신의 따뜻한 마음, 감사합니다. 솔직히 받아들이겠습니다. 다만 한가지 부탁이 있습니다. 저는 지금 2급인데 아무쪼록 1급으로 해주시지 않겠습니까. 가석방도 안 되고, 만기까지 복역해도 강제송환되어 사형될지도 모른다. 그렇다면 적어도 살아 있는 동안 이 형무소에서 최고의 처우를 받고 싶습니다. 소장님, 어떻게 생각하십니까?"

그렇게 단도직입적으로 말해봤다. 그러자

"아아, 거기까지는 신경 못썼소. 알았습니다. 그것은 소내에서 결정하므로, 제가 최고책임자로서 즉시 해주겠소."

2, 3일 후 불려가 보니, 인정증(認定證)과 같은 종이를 줬다.

'이실근 전(殿), 당신은 소화(昭和) ○년 ○월 ○일 부로 누진처우령에 준해 1급의 처우를 부여합니다. 히로시마 형무소장, 하세바 마사토시.'

그때부터 1급이 되었다. 2급 때도 어깨에 힘주고 다녀, 비교적 자유로웠는데, 1급이 되면 기분상 편해져서, 형무소에 있는지, 사바세계인 속세에 있는지, 별로 그런 게 걸리지 않았다.

여기에 있는 한 목숨은 이어진다. 날이 지나면 세상도 변해가리라. 그렇게 생각하며, 느긋하게 생활했다. 1급이 되자, 혼자 지내는 독방에서 생활했다. 처우도 좋아졌다. 면회는 '일본국민해방구원회(日本國民解放救援會)'라는 공산당 조직과 대중조직인 민전이 왔다. 아내도 내가 체포된 후로는 도망치거나 숨을 필요가 없어졌으므로 한 달에 한 번 와줬다. 내 어머니도 야마구치에서 몸소 와주셨지만, 멀기 때문에 비용도 들고 해서 자주 올 수는 없었다.

그 길의 대접

형무소 안이야말로 인간으로서의 진짜 힘관계가 발휘된다. 강한 말을 하는 야쿠자라도 권력 앞에선 아무런 힘도 없는 견습생처럼 되버린다. 그 점에서, 역시 정치범은 상대에게서 우위를 인정 받고 존경을 받는다. 그것은 우리가 늘 변하지 않고, 올바른 생활방식을 견지했기 때문이다.

나는 내 자신의 생활방식에 프라이드를 가졌다.

정치범이라 해도 나는 천성이 밝고 살짝 야쿠자끼도 있었다. 그리고 남에게 주눅드는 일도, 위로부터 행세나 지배 당하는 일도 싫어했다. 그런 점이 두목패들과 마음이 맞았을런지 모른다.

그런 사람 가운데 한 사람으로 우베(宇部)에서 이름을 떨친 조선인 야쿠자가 있었다. 이름을 I 라 하겠다. 자신의 두목이 살해됐을 때, 원수를 형무소 안에서 해쳤다고 하는 굉장한 사내였다. 원수를 가위로 찔러 살해했으니, 형량도 늘어났지만, 일약 유명해졌다. 야쿠자 중의 야쿠자라고 입을 모아 칭찬했다.

그가 나와 동일한 형무소에 있었을 때, 주위 사람에게 다음과 같이 말하고 다녔다.

"이실근은 내 친구니까 손가락 하나도 건드리지 마라."

그 후 그는 나보다 먼저 출옥했지만, 내가 무사히 나온 소식을 듣고 설날에 놀러 오라고 전화를 걸어왔다. 그래서 우베, 그의 본거지로 갔다. 구정 그 이튿날의 일이었다. 어느 요정에서 여자를 붙이고 1대1로 술을 마셨다. 기모노 자태의 예쁜 여성이었다.

"감방 안에서는 여러모로 신세를 졌습니다."
등의 인사를 서로 교환하면서 술을 마시며, 기탄없이 대화했다.

"I 씨, 당신 말야, 천성도 좋고, 훌륭한 사내로 좋은 일도 했으니, 이제 이쯤해서 손 털고, 사업가라도 되는 게 어떻소? 확실히 말해서, 야쿠자 생활 청산하고 착실히 살면 어떤가 말이요. 당신같은 사내라면 무엇을 해도 살아갈 수 있잖소."

그는 나보다 3, 4살 나이가 위였다.

"이 씨, 자네 마음은 기쁠걸세. 그러나 말일세. 이런 말하면, 자네가 어떻게 생각할는지 모르나, 만일 내가 자네에게 공산당을 그만두고 보통인간이 되라고 말하면, 자네 어떻게 생각하겠소? 자네 그만둘 수 있소?"

"그거야, 나는 정치적인 하나의 주의사상(主義思想)이나 신념을 갖고 살고 있으니, 무리지."

"그렇지. 나도 야쿠자 세계에서 사는 신념과 사는 보람을 갖고 있소. 그 말만은 하지 말아주게나."

라고 대답했다. 그렇게 말하자, 이쪽에서 어떤 말도 할 수 없었다.

"알았습니다. 피차 그 이야기는 하지 않도록 하고 마아, 오늘은 즐겁게 마시고 돌아갑시다."

이럭저럭하는 사이에

"내일 3일은 아침부터 기타규슈(北九州)에서 일 시작이야. 규슈(九州), 시코쿠(四国)에서 도박대회가 있네. 크게 집합해 돈을 모으는 회합이 있소. 나는 거기에 나가야 해서, 먼저 실례하겠소. 뒤에 이거 남겨놓으니까. 잘 쉬다 가세요."

"그거 반드시 가야 하는 거요?"

"그거야, 두목패의 모임이니까. 나만 빠지지는 못하지."

"그거야 그렇지만서도. 그러면 나도 돌아가겠수다."

"자네, 뭔 말인가. 그럼 내 입장이 말이 아니지. 그런 말 말고, 천천히 마시고 돌아가게."

"그것도 그렇지만. 그럼 가세요. 나도 좀 마시고 잠자리에 들겠소."

두목이 나간 후 나는 별로 여자와 마시고 싶지도 않고 해서,

"자네, 이불 좀 펴주게나. 난 이제 잘 테니까. 그리고 자네는 이제 돌아가세."

화장실에 갔다 돌아오니, 왠일인지 이불 두짝이 펴져 있다.

"이건 누가 자는가?"

여자는 잠자코 있고, 대답을 안 한다.

"두목은 나갔지?"

"예, 나갔습니다."

"그럼, 여기 누가 자는가?"

"제가 자겠습니다."

"장난하지 마라. 난 나쁜놈이 아니야. 별로 자네가 싫어서 그러는 게 아니야. 난 야쿠자가 아니라서, 그런 짓은 못해. 난 건실하고, 공산주의자다. 내가 좋아하는 것은 내 자신의 힘으로 얻는다. 그런 짓은 하면 안 돼. 미안하지만 돌아가게."

"싫습니다. 그러면 제가 두목에게 얻어맞습니다."

여자는 어떻게 해도 그곳에 앉은 채 움직이지 않았다.

이거 큰 일 났다.

"좋다! 자네가 무슨 일이 있어도 함께 자야 한다면, 나도 무슨 일이 있어도 함께 못자."

나는 그때 갓 서른 살의, 한창 혈기왕성한 사내였으나, 야쿠자가 자고 데리고 온 여자를 예, 예, 하며 껴안는 짓은 남자 체면이 서지 않는, 부끄러운 행동이라 생각했다. 내게도 나 자신의 프라이드가 있었다.

"좋소! 알았으니, 이렇게 합시다. 타협안이오. 자네, 미안하지만 아까 치운 술잔 다시 한 번 가져와주시오. 밤중이라 아마 그대로 있을 테지. 술도 다시 한 번 끓여서 가져와주시오. 아침까지 마십시다. 아침에 닭이 울면 택시를 불러주시오!"

그렇게 해서 정말로 바깥이 밝아오기 시작했고, 닭의 소리가 들릴 때까지 둘이서 계속 마셨다.

"자, 돌아간다. 어머니가 다시 후레자식이 어디로 갔는지 걱정하고 있을 테니. 일찍 돌아온다고 해놓고 안 돌아오니 말야."

내 어머니는 돌아가실 때까지 쭉 나를 아직 애라고 생각했고, 내가 집에 도착할 때까지 한 잠도 안 주무시고 기다리는 분이었다. 그 점이 마음에 걸려, 어쩔 수 없었다.

"이것으로 자네와 나는 일단 약속을 지켰으니 두목이 돌아오면 신세를 졌다고 전해주시오."

그리고 택시를 타고 귀가했다.

그 일은 그대로 두목에게 전해졌고 이(李)라는 남자는 의리도 인정(人情)도 제법인 인간이라 말한 듯싶다. 그 후로도 이 두목은 모 경찰서를 습격해, 십수 년 형을 받고 미야기 형무소에 입소했다. 가기 전에 부인을 통해 자신의 외동딸 시집가는 일을 내게 부탁하기도 했다. 그렇게까지 그는 나를 신뢰하고 부탁하고 싶어했다. 몇 년 후에 출소했을 때, 다시 만나자고 말해왔지만, 이번에는 내가 안 갔다. 나도 조금 나이를 먹고 냉정해진 듯 했지만, 그사이 담박하게 야쿠자 관계자와는 종지부를 찍는 편이 좋다고 생각했다. 그 후에도 딸이 시집가서 오카야마(岡山)로 이사 갔으니, 놀러 오라는 권유도 받았지만, 정중히 거절했다. 옥중생활에서 얻은 야쿠자와의 관계가 좋았는가, 나빴는가는 잘 모르겠다. 야쿠자를 비난하지 않은 것은 아니다. 다만 야쿠자라 해도 한 껍질 벗기면, 우리와 똑같은 인간이라는 사실을 스스로 체험 속에서 알 수 있었다.

출옥

1959년 1월 22일, 영화관에서 삐라를 뿌리고 도망생활에 들어가, 그 후 체포되어 햇수로 8년째, 나는 겨우 자유로운 몸이 되었다. 그날 단 한 명인 나를 맞이하기 위해 히로시마 요시지마(吉島) 형무소 정문 앞에는 수백 명의 사람들이 모였다.

출소가 결정되고 나서는 조선어로도 인사를 해야 된다고 생각해, 미리 준비했다. 매우 능숙한 조선어 통달자는 아니었지만, 글자를 외우거나, 이제까지 알았던 조선어를 정리해, 그럭저럭 조선어로 인사했다. 일본 지원자도 많이 와줘서, 일본어로도 인사했다.

"동지 석방 만세!"

형무소 앞에서 집회가 열렸다. 많은 사람들이 소리를 내어 애국자가 돌아왔다고 선전문을 돌렸다. 내빈 인사도 있었고, 조선인과 일본인이 섞여 하나가 되어, 영접해줬다. 모두가 환호성을 울리며, 화답해줬다. 8년이라는 긴 시간, 축적된 괴로움, 고통, 서운함, 그것뿐만 아니라 이제 살아 돌아가지 못한다고 생각했는데, 살아서 돌아왔다는 해방감, 여러가지 생각이 몸속에서 바깥으로 분출되어, 눈물이 왈칵 쏟아져 나왔다. 말이나 글로는 도저히 표현 못하는 강한 감동이었다.

그 후 우선 당시 고진마치(荒神町)에 있던 본부로 돌아갔다. 마메장(まめチャン)'이란 식당의 2층을 빌려 사무소로 사용하고 있었다. 그곳에서 노고를 위로해줬다.

오랜만에 접한 세상은 이전과 달라져 있었다. 예전에는 공산당과 조선인 조직의 합작으로 이해 못하는 중앙 방침이 내려왔지만, 지금은 조선인은 조선인 조직, 일본인은 일본인 조직으로 분리되었다. 그 시기 일본 공산당 안에 있던 민족대책부도 사라졌고, 일본정치에 간섭하지 말라는 형식이 되었다. 조선인 측의 '일본의 재군비 반대' 활동도 하면 안 된다는 식이 되었다. 서로가 평등호혜 입장에서 형제로서 사이좋게 활동해 가자는 세상으로 변했다. 그래, 시대가 변했다.

그런 가운데 나는 야마구치로 돌아갈지, 활동무대인 히로시마에 남을지 고민했다. 양 지역 총련이 내 활동을 기대하며 이끌어줬다. 내심은 야마구치에서 외아들인 내가 돌아오기를 기다리는 연로하신 어머니가 마음에 걸려 야마구치에서 소박하게 생활하면서 어머니에게 효도하고 싶다는 생각도 있었다. 하지만 실제는 복역 중에도 옥바라지나 옥외에서 마이크로 용기를 북돋워주는 등 계속 지원해준 히로시마 총련원들의 뜨거운 기대를 도저히 뿌리칠 수 없었다. 나는 양 지역 총련원들에게 솔직하게 생각을 전했다. 그리고 내 자신의 개인적인 정(情)보다도 사람들의 뜨거운 마음에 응하는 일이 내 자신의 임무라 느꼈다. 그래서 어머니에게는 좀 더 참아달라고 하고, 히로시마에 남았다.

조직 안에서도 높은 지위로 대우해줬다. 히로시마 총련본부에 배속되고, 조직부의 부부장이라는 임무를 받고, 내 인생의 제4악장이 시작되었다. 잠시 후 히로시마시 전체 청년동맹위원장이라는 책무도 담당했다.

4장

새로운 시련

오노미치(尾道)

눈 깜짝할 사이 2년이 흘렀다. 1961년 초, 히로시마현 본부의 부위원장을 할 때, 총련 중앙에서 파견한 사람들에게서 엔코바시쵸(猿猴橋町)에 있는 '펄(pearl)'이라는 찻집에서 만나자는 연락이 왔다. 만나 사정을 들어보니, 오노미치(尾道), 미하라(三原) 방면에서 조직을 건설해, 조직 없이 뿔뿔이 흩어져 활동하는 사람을 모아 정비해주면 좋겠다는 이야기였다.

"형무소 나와 아직 여유도 없는 데다, 단신 부임은 힘겹겠지만, 일 년간 조직건설을 그럭저럭 해주면, 반드시 본부로 돌려보내겠소. 내 부탁, 총련의 부탁이라고 생각하고 수고 좀 해주게나."

나도 당시는 사명감으로 불타오르고 있었으므로, 두말 않고 "알겠습니다"라고 쾌히 승낙하고 그 사업을 떠맡았다.

곧 오노미치로 파견되었다. 가보니 확실히 사람은 많지만, 제 각기 뿔뿔이 생활하는 듯했다. 오노미치 역 앞, 해안을 따라 판자집 가건물 상점이 슬럼과 즐비해 있었다. 상점 대부분이 조선인이었지만 내가 상점으로 들어가 조선어를 사용하거나 총련에서 왔다고 말하면, 커튼을 쳐 문을 닫아버렸고, 소금을 뿌렸다. 자신이 조선인이라는 사실이 주위에 알려지면 장사할 수 없게 된다는 피해자 의식 때문이었다.

전부 그런 분위기라서 첫 인상은 최악이었다. 그러나 나도 뒤로 물러서지는 않는다. 어떻게든 잘 융화하기 위해 열심히 노력해야만 했다. 오노미치에 실체를 갖춘 조직은 없지만, 위원장이라 불리는 사람이 있다. 나는 그 사람을 방문하기로 했다. 일본명 '요시다(吉田) 아저씨'로 불렸지만, 전시 중 사할린까지 강제연행으로 끌려가 끝내 다코베야(タコ部屋)[1]에 내던져지고, 강요된 가혹한 노동을 참지 못해 도망을 시도했다고 한다. 부동원(不動院)의 인왕(仁王)[2]처럼 무서운 얼굴로, 부릅뜬 큰 눈이 강렬히 반짝반짝 빛나면 그 위엄에 제압당했고, 아침부터 밤까지 술을 마셔 취해 있는 듯한 남자였다. 워낙 악명 높아 그 지역 야쿠자나 동포도 그에게 반항할 수 있는 자가 없었다. 그의 마음에 들지 않으면 여기서는 생활할 수 없다. 나는 마음을 굳게 다잡고 뛰어들었다.

야쿠자 같은 모습이었지만, 조선인에는 변함없다. 조선인답게 인사하려고 무릎을 꿇고 본적과 선조의 출신지인 본관을 밝혔다. 그러자,

"자네 여기 뭐 하러 왔는가?"

"오노미치에 조직을 만들기 위해 본부에서 파견되어 왔습니다."

"멍청한 자식! 자네 같은 젊은 녀석이 무엇을 할 수 있겠는가. 내가 지금까지 해왔지만 할 수 없었던 일을 자네처럼 젊은 녀석이 할 수 있다고 생각했다면 큰 착각일세. 돌아가게나. 돌아가!"

전혀 나를 상대도 하려 하지 않았다. 사람을 보면, 그는 누구라도 모두 '너'로 호명했고 이어 꼭 '멍청한 자식'이라 퍼붓는 사람이었다. 굉장

---

1) 광산 노동자나 공사 인부의 노동 조건이 열악한 합숙소. 제2차 세계대전 전, 홋카이도(北海道)와 사할린에 있었다.(역주)
2) 불법호지(佛法護持)의 신으로서 절문 좌우 양쪽에 안치된 금강 역사(力士)의 상(像).(역주)

했다.

"그런 말 말아주세요. 어쨌든 이곳에 있게 해주세요."

그렇게 몇 번이나 부탁했지만, 그는 안 된다고 시종일관하며 방에 발도 못 딛게 했다. 그날은 묵을 곳도 없어서 하는 수 없이 오노미치 역 대합실에서 하룻밤을 세우고 다음 날 또 방문했다.

"자네 또 왔는가?"

"위원장이 들어주실 때까지 돌아가지 않습니다."

"자네 어디서 묵었는가?"

"역에서요."

그러나 그 뿐이었다. 그날도 하루 종일 달라붙었지만 무리였다. 결국 삼 일 동안 역에서 잤다. 그럭저럭 지내고 있자니 역전에서 여관을 경영하는 사람이 내게 말을 건넸다. 조선명은 '도(都)'였지만, 일본명은 마츠다(松田)'라 불리는 사람이었다. 내가 역에서 머문다는 사실을 알고 본부에서 온 사람을 왜 그렇게 위원장은 심하게 대하냐면서, 여관 방 하나를 신경 써서 내주었다. 따뜻한 밥도 제공해줬다. 그때가 사흘 째였다.

동이 트자, 또 위원장에게 갔다. 정좌하고,

"아무쪼록 잘 부탁 드립니다. 여기에 있게 해주세요. 저는 절대 돌아가지 않습니다."

"자네 집요하고 끈질긴 사내로군. 아직도 돌아가지 않았는가. 정말로 할 수 있다고 생각하는가?"

"아닙니다. 할 수 있을지 없을지는 해보지 않으면 알 수 없습니다. 저는 합니다."

"그래, 좋다. 알았다. 자네 술은 좋아하는가?"

"술 좋아합니다."

"그래 그럼 마시게나!"

처음으로 한 홉의 잔을 내어주고, 한 됫병을 가져와 가득 따라주었다. 나는 조선 식으로 옆을 향해 양손으로 받아 들고 단숨에 잔을 비웠다. 조선에서는 어른 앞에서는 얼굴을 맞대고 마시지 않는다. 그는 내 술 마시는 모습을 보고,

"허, 자네 꽤 잘 마시는군. 좋아! 한 잔 더 마시게나!"

라며 한 잔이 왔다. 또 한 잔을 단숨에 비웠다.

"좋다! 마음에 드는군. 오늘부터 여기서 일해주게나. 나도 도와주겠네!"

이로써 겨우 허가를 받았다. 오노미치에서 사업이 시작되었다.

기한은 일 년. 우선 저 역전부터 정비해야만 한다. 역전의 엄마들, 곧 조선인 아줌마들의 의식을 바꿔 나가야만 한다. 성인학교를 만들어 일단 조선말부터 가르치기로 했다. 그럭저럭 사람들에게 가르쳐줄 정도까지는 배웠으므로 그 외에 시사문제나 사회문제, 성차별문제 등도 언급하면서 조직의 필요성을 강조했다. 일 년 동안 총련, 여성동맹, 청년동맹, 이렇게 세 조직을 만들었다. 그것은 기적에 가까웠다. 자신과의 약속을 오기로라도 지켜내야만 한다고 생각했기 때문에 가능했다.

완성된 오노미치의 조직은 대단했다. 본부 집행위원회와 활동가 회의가 있으면 언제나 위원장과 내가 참석하는데, 그때마다 오노미치의 성과를 보고·발표했다. 위원장은 지명되면, 언제나 자랑스럽게 일어섰다. 그리고 참석자를 한 번 휙 둘러본다. 내가 바로 오노미치 위원장이다라는 듯 헛기침을 두세 번 하고, 집행위원 여러분이라고 말을 시작한다. 그런데 사실은 글자를 읽을 수 없기 때문에, 바로,

"어이, 실근, 자네가 하지!"

라고 내게 지시했다. 그래서 언제나 내가 보고해 많은 박수를 받았다. 큰

성과를 거두어서 현 하의 다른 지부도 오노미치를 본받아 열심히 해야 한다며, 오노미치 조직사업은 하나의 모범사례가 되었다.

성과를 거둘 수 있었던 이유는 내가 인간 대 인간의 관계를 소중히 여겼기 때문이라 생각한다. 조직활동가는 대중이 호감을 갖고 자신을 대하도록 하는 일이 가장 소중하다. 그것은 곧 신뢰받는 일이다. 신뢰를 얻으려면 자신이 무엇을 하려는가, 임무와 생활방식, 사고방식을 상대에게 분명히 알 수 있도록 해야 한다. 추상론으로는 절대로 통하지 않는다. 구체적인 자신의 정치이념을 제시하고 자신의 인생관과 세계관을 제대로 전달해야만 한다. 아아, 이 사람은 이런 사람, 이런 일을 하고 있다. 우리를 이렇게 변화시키려고 한다. 이 사람이라면 우리의 힘이 되어준다. 우리 편이 되어준다. 우리를 도와줄지도 모른다. 이처럼 믿음을 받는 일이 아주 중요하다. 처음에는 의구심을 갖고 거절해도 점점 태도가 부드러워지면서 점차 신뢰감으로 바뀐다. 한 계단 한 계단, 낮은 데서 높은 데로 향해 충계를 오르는 일이다. 허풍을 늘어놓을 필요가 없다. 한 단 한 단 딛고 나가면 된다. 신뢰감이 생기면 뭔가 할 때는 반드시 그 방향으로 따라와준다. 아줌마들도 어느새 성인학교에 모여 나의 미숙한 지도를 받아줬다.

나는 오노미치에서 우선 그 지역의 지도자로 있는 사람을 내편으로 만드는 일을 배웠다. 집단 안에서 가장 영향력을 발휘하는 부분부터 손을 대는 일. 그것을 찾는 일부터 시작해야 한다. 오노미치에서는 그런 사람이 위원장이었다. 위원장이 나를 전적으로 신뢰해줘서, 대중도 위원장의 설득에 응했다.

"저 사람, 내 밑에 있는 사람인데, 이곳에서 생활하고 이곳에 훌륭한 조직을 만들기 위해 온 사람이다. 그를 나로 생각하고 말을 들어주게나."

아내는 나를 대신해 세 자녀를 소중히 키워냈다(1963년, 34세 때).

그 말에 이제까지 나를 의심의 눈으로 쳐다본 사람들이 모두 따라줬다. 내가 조선인은 조선인답게, 성실히 살아가야만 한다고 과거의 예를 들어 이야기하면, 내 말에 귀를 기울여줬다.

그것은 훗날 대학강의에서도 동일하게 도움이 되었다. 학생들은 처음에는 대단한 선생님이 아니면 어정쩡한 태도로 듣지만, 주 1회의 강의를 7, 8번 거듭하는 사이 차차 귀를 기울이며 진지하게 들어줬다.

자신의 성의와 정의감을 상대방에게 전하려는 의지가 있다면 반드시 그것은 상대의 마음에 도달하는 법이다. 오노미치에서 나는 많은 사람을 상대로 생각을 전달하는 기술을 배웠다. 성심성의, 사심 없는 마음, 민중을 위해 조국을 위해 총련을 위해 힘을 다하는 나를 대중이 알아줬다. 그리고 따라와줬다.

1년 후 약속대로 본부에서 돌아오라고 해서 나는 히로시마로 돌아갔다. 본부에 소속하고, 공부 때문에 도쿄(東京)에도 수차례 갔다. 그리고 64년에 상공회(商工会)를 담당하게 되었다. 상공회는 자금력이 있기 때문에 좀처럼 조직의 생각대로는 움직이지 않았다. 그러나 자금력이 있기 때문이야말로 조직에게도 중요한 대상이다. 어떻게든 조직에 자금을 대도록 그들을 교육하고 의식을 변화시켜야만 했다. 그 조직에 취임해 일년도 안 되어, 히로시마 현의 부이사장에서 이사장으로 발탁되었다. 상공회는 소규모 현을 제외하고 각 현에 있으며, 전체를 아우르는 '재일조선인상공연합회(在日朝鮮人商工連合会)' 조직은 도쿄에 있었다.

피폭자 조직의 건설

8년간의 옥살이에서 풀려나 히로시마에서 합법활동이 가능해졌어도 역시 1945년 8월 7일 입시피폭의 체험은 나의 뇌리에서 항상 떠나지 않고 마음을 흔들어 놓았다. 혹독한 옥중생활이었지만, 만일 살아서 출옥하는 날이 온다면, 무엇보다 진정으로 우선 피폭자의 조직을 건설하고야 말리라 생각했다. 그런데 출옥 후 곧 오노미치에 파견되거나 북한으로 귀환하는 재일동포 귀국사업 등으로 몹시 분주했다. 침착하게 조직을 꾸릴 여유도 없었다. 조직결성을 위해 결국 본격적으로 조직사업을 시작한 시점은 전후 30년이 지난 1975년 들어서면서부터였다.

일본인 피폭자 조직은 이미 1956년에 결성되었다. 원수금[3]운동과 함께 활발한 활동을 전개했다. 당시 원폭피해자운동 안에서 제창된 '일본인 유일피폭자(日本人が唯一の被爆者)'론의 영향도 있어서, 우리 재일조선

---

3) 원수금(原水禁): 정식 명칭은 원수폭금지일본국민회의(原水爆禁止日本国民会議). 1965년에 결성된 일본에서 가장 규모가 큰 반핵평화운동단체의 하나. 전국 47도도부현(都道府県), 모든 현에 원수금 조직이 있고, 노동조합, 청년단체 등 25개의 전국조직이 가맹하고 있다.(역주)

인 원폭피해자의 존재감은 미미했고, 사실상 '골짜기의 피폭자(谷間の被爆者)'로 세간으로부터 망각되었다. 게다가 그 와중에 미국은 과거의 극악무도한 범죄를 반성하려고도 하지 않은 채, 오만하게 "조선의 유사시에는 핵무기 사용도 불사한다"고 위협하며, 제3의 원폭을 조선에 사용한다는 위험한 핵전쟁 계획을 추진하고 있었다.

그런 긴박한 정세 속에서 1975년 8월 2일, 현 내 조선인 피폭자 130명이 히로시마시 사회복지센터에서 결성대회를 개최해, 조선인을 포함하는 원호법 제정을 요청하는 호소문을 채택하며 내외에 강력히 호소했다. 대회에 일본원수금 대표, 고(故) 모리타키 이치로(森瀧市郎) 선생과 일본 원수협 이사장, 고(故) 사쿠마 쵸(佐久間澄) 선생도 격려 차 와서 분위기가 고조되었다. 또한 그동안 여러가지 생각과 의견 차이도 있었지만, 히로시마 총련조직에서도 인사 차 방문했다. 그리고 많은 TV와 신문, 매스컴이 적극 취재해서 대대적으로 보도해줬다.

1주일 후에는 피폭자 약 100명이 21척의 어선을 전세 내어 빌려 나눠 타고, 미군이 조선에서 핵을 사용한다는 계획에 반대하며, 히로시마—구레 간 해상 시위를 실시했다. 그것을 시작으로 이후 제1회, 제3회 유엔군축총회에 대표를 파견하고 일본정부에 요청활동 등을 적극 수행했다.

유일피폭국, 유일피폭자론이 전개되던 시기에 '유일피폭국'은 옳더라도 '유일피폭자론'은 잘못된 인식이라 주장하며 탄생된 '조선피폭자협의회(朝鮮被爆者協議会)'. 조피협의 결성은 역사적으로 큰 의의를 지녔다. 일본인 만이 유일한 피해자가 아니다. 죄가 없는데도 피폭된 수많은 조선인. 그 조선인이 힘차게 일어섰다는 사실을 세계를 향해 선언한 것이다. 75년 8월 결성으로부터 77년까지 일본의 청년과 학생들의 협력을 얻어 히로시마에 거주하는 조선인 원폭피해자의 실태를 조사했다. 그 해 6월에는 히로시마에서 열린 NGO의 피폭문제 국제심포지엄에서 재일조선인 피폭자의 비참한 생활과 실태를 널리 세계에 호소했는데, 그 일이 매스컴에 오르내려 큰 반향을 불렀다. 그것을 기회로 일본 국내에 머물지 않고 세계 각국을 다니며 열심히 활동했다.

80년대는 유럽, 미국까지 모두 돌았다. 80~84년 구미지역의 고조되던 반핵운동의 열기 한가운데, 일본 평화운동의 멤버로 구미 각국을 돌았다. 89년 처음으로 북한도 방문했다. 피폭자는 없다고 했던 북한에서 나는 10명의 원폭피해자를 찾아냈다. 90년, 그 중 한 명이 일본을 방문할 수 있도록 추진했고, 그것을 시작으로 93년까지 5명, 95년 2명, 그래서 실질적으로 총 7명이 일본으로 영입되었다. 그들은 북한에 거주하는 조

북한에서 최초로 만났던 피폭자 백한수(白漢洙, 61세, 사진 중앙).
원산(元山)항으로 친척인 신복수(辛福守)를 마중 나갔을 때(1989년 7월 25일).

선인 원폭피해자들이었다.

생계를 꾸려가다

1975년 조선피폭자협의회를 결성한 일로 총련의 상층부와 마찰이 일어나 그 탓으로 76년 총련 전업활동을 그만뒀다. 이 일로 생계를 꾸려가는 일이 현실 문제로 다가왔다. 그때까지는 총련 전업활동으로 얻는 급료로 생활해왔다. 하지만 이것도 들쭉날쭉 받거나 못 받거나 해서 가족 5명의 생계를 유지하기가 힘들었다. 아내가 후쿠시마(福島)병원에서 일해, 그럭저럭 살아왔다. 그러나 이제 전업활동 수입도 일전 한푼 손에 쥘 수 없는 상황이 되어버렸다.

이쯤에서 총련의 급료를 잠시 언급하겠다. 총련의 급료란 어딘가로부터 특별히 돈이 송달되어 오는 것이 아니다. 이 체제는 아마 지금도 변하지 않았을 것이다. 일부 언론은 북한에서 활동자금이 송달된다느니, 어느 특별한 사람이 기부하고 있다느니, 그럴듯하게 보도하지만, 그런 일은 지금도 옛날도 없다. 조국 북한에는 이곳에서 돈을 가져가는 일은 있어도 그쪽에서 오는 돈은 교육 원조비 이외에는 없다. 활동비를 비롯해 모두 대중의 회비와 기부금을 모아서 충당하고 있다. 연 2회, 추석과 연말에는 특별 찬조금도 모은다. 그래서 겨우 체납 분의 급여나 빚을 갚을 수 있을 정도이다. 그러나 신문 대금도 전화 요금도 그때 한 번에 받으러 오기 때문에 연말이라도 월급은 고작 3분의 1 정도였다. 지금의 히로시마 규모라면 아마 당시보다 열 배 정도 더 모으지 않으면 살 수 없을 것이다. 일본 정치계는 동조자도 많고 열렬한 지지자나 당원들의 기부금만으로 활동할 수 있지만, 총련은 매우 비참한 상황이었다. 그래도 아직 나는 조직의 장(長)이라 얼마간의 돈은 들어왔다.

총련 전업활동을 그만둔다는 의미는 아무 것도 남지 않고, 모두 사라진다는 뜻이다. 퇴직금이 나오는 것도 아니다. 보험도 물론 없다. 내게는 세 아이도 있었다. 당장 어떻게든 해야 했다. 눈앞이 캄캄했다. 기술도 없었고, 취직할 수도 없었다. 장사를 하려 해도 밑천으로 쓸 저축해둔 돈도 없었다.

어쩔 수 없이 소유하던 낡은 자동차 뒷좌석을 짐을 싣도록 개조하고, 작은 냉장고를 한 대 샀다. 상공회 있을 때 돌보던 한국계 사람에게 사정을 말했더니, 약간의 돈을 빌려준다고 했다. 그러나 그때는 빌리고 싶지 않았다. 어떻게든 내 힘으로 뚫고 나가야만 한다며 필사의 노력을 다했다. 나는 자동차 뒤에 설치한 냉장고에 배터리를 연결하고, 이동판매 불고기 가게를 시작했다. 이것이라면 약간의 밑천으로도 시작할 수 있고 내 자신도 그럭저럭 할 수 있으리라 생각했기 때문이다. 지금이야 승합차 등을 개조한 이동 포장마차가 조금 붐이지만. 일을 시작해 주택단지를 돌았지만 처음에는 아무래도 목소리가 나오지 않았다. 엊그제까지 넥타이를 매고, 이사장으로 위세 당당했던 내가 오늘부터 갑자기 넥타이를 풀고 마이크를 손에 쥐고 '에~ 불고기는 어떻습니까?'라고 해야 할 노릇이다. 비참한 느낌에 단지를 빙글빙글 돌고 그대로 지나쳐 버린다. 이대로는 안 된다. 목소리를 내지 않으면 누군지도 모르며, 그 누구도 사러 올 리가 없다.

정말 고통스러웠지만 용기를 내라며 스스로에게 타일렀다. 처음 한마디 소리를 지르자 나중에는 이상하게도 소리가 잘 나왔다. 그리고 몇몇 단지를 돌았다. 그날은 조금밖에 안 가져갔지만 의외로 잘 팔렸다. 그러나 그날 밤은 집에 돌아와서 혼자서 엉엉 울었다. 비참하고 옥중 8년간의 생활이 몇 번이나 머리를 스쳤다. 내 인생은 지금까지 무엇이었는가, 괴롭고 서러워서 눈물이 멈추지 않았다. 그래도 5~6개월간 그 일을 계속했다. 처음에는 고기와 양념장만 팔았지만 익숙해지면서 풍로를 차에 실고 석쇠로 고기를 구워 팔았다. 점심 때 건축 공사현장으로 가져갔는데, 불티나게 팔렸다.

겨우 익숙해졌을 무렵, 이전 상공회의 한국계 지인이 또 말을 걸어왔다.

"이사장! 그런 일은 안 돼요. 내가 어딘가에서 돈을 빌려올 테니, 제대로 장사해보지 않을래요?"

그도 그럴지도 모른다. 지금 기분을 전환하자! 그래서 그의 원조를 받기로 했다. 고요쵸 시모오다(高陽町下小田)에 마침 100만 엔 정도로 개업할 만한 가게가 있어서 이를 빌려 내장하고, 고깃집을 개업했다. 아내도 오래 일한 병원을 그만두고 요리를 도왔다. 비교적 손님 받기도 좋고 고요쵸에서 가족 단위 고객이 많이 찾아주었다. 나를 아는 일본 손님도 자주 와줬다. 그렇게 차차 안정되어 갈 수 있었다.

전진해야만 하는 길

뉴욕을 향해

히로시마에 '일본저널리스트회의(日本ジャーナリスト会議)' 히로시마 지부가 있다. 간단히 'J'라고도 한다. 당시 원폭기자 1호로 불리던 고(故) 미즈하라 하지메(水原肇), RCC의 아사히 데루아키(浅井昭秋), 요미우리(読売)의 후지하라 시게루(藤原茂), 교도통신(共同通信)의 기토 스스무(水藤晋) 등 실력파 기자들이었다. 내가 총련 전업활동을 그만둔 사실을 안 그들은 이대로 내 정치 사회적 생명이 끝나 버리지나 않을까 염려해 '이(실근)를 죽이지 마라!'는 모토로 결집했다. 사회적으로 매장되는

않았다. 모두 도와주려고 격려 차 매일같이 우리 집에 모여들었다. 우리 집에 옹기종기 모여 소란스럽게 토론하곤 했다. 집에 음식물이 전부 축나면 모두 위스키나 술(당시 소주는 별로 마시지 않았다), 그리고 음식물을 추렴해줬다. 76~77년 무렵이었다. 그들은 총련에 있을 때의 인연으로 얻은 동료들이었다.

78년 제1회 유엔 군축총회가 뉴욕에서 개최되어, 일본에서 500명이 참가하게 되었다. 나도 가고 싶었다. 그러나 북미는 서로 적대관계였고, 조선 국적으로는 어려운 듯싶었다. 게다가 나는 반미 삐라전단을 배포한 전과도 있어 더 곤란했다. 당시 히로시마 YMCA의 총주사인 고(故) 아이하라 와코(相原和光) 선생이 영문의 탄원서를 써줬고, 서명을 모아 미국 주일 대사에 제출하는 등 가능한 모든 운동을 전개했다. '이(실근)를 미국으로 보내라!'와 함께 저널리스트도 열심히 움직여준 결과 78년 겨우 비자를 얻었다. 나는 히로시마현 조선인피폭자협의회의 부회장인 백창기(白昌基)와 함께 처음으로 조선적인 채로 미국으로 건너갔다. 대성공이었다.

미국으로 건너가기 전에 조선총련에서 연락이 왔다.

"중앙의 의장이 미국에 가는 당신에 대해 매우 기뻐하고 있소. 아무래도 만나고 싶다고 말하는데. 나리타(成田) 공항에 가기 전 오사카 본부에 들려 인사하고 가지 않겠소?"
라는 내용이었다.

이제까지 한국적이 아닌 조선적을 가진 자로 도미(渡米)를 허가받은 사람이 없던 시대였기 때문에 이것은 큰 성과였다.

의장은 어떤 식으로 비자를 받았는지 등 여러 가지를 물었다. 나는 많은 일본 사람들에게 지원을 받았다고 말했다. 내 말에 그들은 기뻐했다.

총련 중앙에서 여비의 일부도 보태줘서, 한 사람 당 10만 엔을 받고, 처음으로 나리타 공항에서 미국을 향해 날아올랐다.

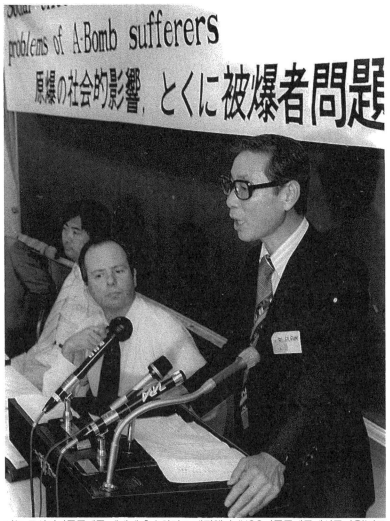

나는 조선인피폭문제를 세계에 호소하려고 매진했다. 'NGO피폭문제국제심포지움'(히로시마의사회관, 1977년 8월 2일). 이때 처음으로 조선인피폭문제가 국제적으로 토론되었다. 왼쪽은 스위스의 르네 워들로 박사.

『하얀 저고리의 피폭자』 간행

미국에 다녀온 이듬 해인 1979년에 책 한 권을 간행했다. 『하얀 저고리의 피폭자(白いチョゴリの被爆者)』라는 제목의 책으로 조선인 피폭자의 삶에 대한 증언집이었다. 나는 조선피폭자협의회를 세웠을 때, 언젠가 우리의 진실한 외침을 한 권의 책으로 묶어, 일본인에게 알려야만 한다고 생각했다. 이대로 세월만 보내면 안 된다. 이는 내 임무다. 현 의회의 고(故) 이시다 아키라(石田 明) 씨의 입원 소식을 우연히 듣고 병문안 갔을 때, 나는 상담을 청했다. 돈도 없기에 얇은 팜플렛 같은 자료집도 좋으니, 어쨌든 한 번 조선인 피폭자의 목소리를 세상에 내보고 싶다고 말했다. 그는 내게 힘을 불어넣어 주었다

"이실근, 자네 뭐라고 했나? 팜플렛? 농담하면 안 되네! 자네는 그 증언집의 가치를 모르고 있군! 제대로 증언을 모아, 훌륭한 책으로 만들게나. 그것은 굉장한 작업일세. 증언을 수집해 책으로 만들게나. 출판사에는 내가 말해두겠네."

그런 말을 들으니, 정말 조언대로 하는 편이 맞을지도 모른다는 기분이 들었다. 귀가한 후, 생각을 정리하는 데, 꾸물꾸물 할 마음이 샘솟았다. 좋아! 해보자라고 마음먹으면, 그 후는 언제나 그랬던 것처럼 행동이 있을 뿐이었다. 스파이 용도의 고가 카세트 레코더를 사서, 피폭자의 집을 한 집 한 집 찾아가, 수십 명의 증언을 청취했다. 그중에서 18명을 선택하고, 나를 더해 19명 분을 그대로 조선어 문장으로 작성했다. 그리고 그것을 일본어로 번역했다. 다음은 어떻게 할까? 원폭기자 제1호인 미즈하라(水原) 씨와 상담했다.

"좋아요. 이 다음은 내게 맡겨요!"

마음 든든한 우군이다. 미즈하라 씨와 내 집을 번갈아 오가며, 동료 기

자들이 모여 일관된 작업으로 원고정리를 진행했다. 부족한 곳, 오자, 탈자, 이상한 표현을 수정하는 작업에 항상 10여 명이 모였다. 굉장한 속도로 일이 진척되었다. 완성된 원고는 다시 한번 쭉 검토되었다. 신문기자라서 쓰는 일이 본직이라, 이 부분은 이상한데, 이 부분은 어떤데라며 각자 의견을 나누며, 순식간에 교정까지 마쳤다. 그사이 이시다 씨가 노동순보사(勞働旬報社)에 말을 해두었다. 그곳에서 서문을 누구에게 부탁할지 이야기되었다. 그때 이구동성(異口同聲)으로 나온 인물이 고(故) 마스모토 세이초(松本清張) 선생의 성함이었다.

"어, 마츠모토 선생! 농담 아니야. 그런 대부에게 부탁할 수야 없지. 여기 있는 사람 중 선생을 아는 사람 한 사람도 없어!"
라고 나는 말했다. 그러자 눈 앞에 있던 미즈하라 씨가

"이실근 씨, 걱정되도 음… 마츠모토 선생은 확실히 거물이고 대부지. 우리가 어떻게 할 수 있는 선생이 아니지. 하지만 이실근 씨, 당신이 직접 부탁한다면, 선생이 들어주겠다고 나올지 몰라. 한 번 부탁해보면 어떨까?"
라고 말했다. 그 말에 동석했던 기자 전원이 내 얼굴을 보고

"그렇지. 이실근 씨라면 할 수 있을지도 몰라. 하자. 하자. 만일 거절하면 그때 다시 생각하면 되잖아. 어쨌든 전화해 보세요."
모두가 그렇게 말을 꺼냈기에 난 자신이 전혀 없었지만, 조심조심 전화를 걸어봤다.

공교롭게도 선생은 댁에 있었지만, 당연히 갑작스런 전화 의뢰로 깜짝 놀란 모습이었다. 내 말을 듣고 생각에 잠긴 듯, 2~3분간 침묵이 이어졌다. 얼마나 길게 느껴졌는지!

심장이 금방이라도 터질 듯한 정도였다.

그때 선생님의 차분한 목소리가 들렸다.

"잘 알았습니다. 지금 수중에 원고가 완성되어 있으면 바로 보내주세요."

그렇게 말했다.

전화를 끊고 얼굴을 들자, 모두가 나를 주목했다. V자의 사인으로 OK의 답변을 알리자, 일제히 손을 들고 만세하며, 기뻐했다.

"해냈다! 이로써 완성이다!"

그리고 한 권의 책이 간행되었다. 역사적으로 의미있는 훌륭한 책이 완성되었다. 출판기념회를 하자는 논의가 고조되어 국제호텔에 무려 350명이 운집했다. 총련에서도 간부들이 찾아와 노래와 춤을 공연했다. 모리타키 이치로(森滝市郎)와 사쿠마 기요시(佐久間澄) 씨가 내빈으로 참석했다. 책도 예상 이상으로 판매되었다. 내 이름도 사회에 알려졌다. 이를 계기로 나도 일을 진행하기가 쉬워졌다.

『하얀 저고리의 피폭자(白いチョゴリの被爆者)』 출판기념회(1989년 7월).
히로시마 국제호텔에서 중고생이 합창해줬다.

공생을 향한 발걸음

내가 걸어온 재일 반 세기의 활동에서 '공생을 향한 첫걸음'으로 규정하는 사건은 '고보댐 추모비(高暮ダム追悼碑)' 건설이다.

고보댐은 히로시마 현 북부, 현재 쇼바라시 고야쵸(庄原市 高野町)를 흐르는 가미노세키가와(神野瀬川) 상류에, 전시체제 강화를 목적으로 건설된 댐이다. 1939년 수렁에 빠져들던 중일전쟁의 한 가운데서, 전력 부족의 해소를 위해 국책에 따라 고보댐 건설계획이 시작되었다. 시대는 다분히 누설되지 않았고, '전쟁 승리를 위해', '국가를 위해'에 반대하는 자는 가차없이 '비국민'의 낙인을 찍어 강제로 계획을 진행했다. 그때문에 주변 주민의 반발도 거셌고, 피해 또한 적지 않았다. 당시 시모다카노무라(下高野村)의 시모고보(下高暮)에 살던 주민들은 가옥 45채, 논 29정보 9단, 밭 4정보 8단을 빼앗겼을 뿐만 아니라 이웃의 기미타무라(君田村) 이나다(榴田)의 가옥 7채, 논 5정보 4단, 밭 7단, 산림 200정보도 울며 겨자 먹기 식으로 몰수당했으며, 조상 전래의 재산은 완전히 사라져버렸다.

게다가 댐 공사의 노동력 부족을 보충하기 위해 1940년(昭和 15년)부터 무고한 2천여 명의 조선인 노동자가 강제 연행되었다. 그들은 당시 15세에서 25세 정도로 아직 청소년들이었다. 행선지도 알리지 못한 채 한반도에서 끌려와, 시모노세키(下関)부터 미요시(三次)까지는 기차로, 미요시 역부터는 천막트럭으로 산기슭까지 실려왔다. 그곳에서 현장까지는 밧줄로 줄줄이 묶여 연행되었다.

그들은 현장에서는 '집단'으로 불렸고, 준비된 카키색 노동복으로 하루 12시간 노동, 주야 2교대제로 일했다. 불과 2엔 8전인 일당에서 식비 9전을 제외하고는, 도망 방지를 위해서라며 한 푼도 건네주지 않았다고

외딴 산간에 만들어진 고보댐.

한다. 게다가 소름 돋는 이야기지만, 그 댐의 둑 안에는 몇 구의 조선인 노동자가 선 채로 묻혀 있다는 얘기가 아직도 지역 주민 사이에서 널리 회자되고 있다. 도대체 어느 정도 조선인이 희생됐는지는 분명하지 않지만, 우리가 조사한 바로는 그 수가 분명히 상당했다. 가혹한 노동과 다코베야 같은 지옥생활을 견딜 수 없어, 속속 산 속으로 도망쳐 사라지는 일도 끊이지 않았다. 그러나 달아났지만 산은 깊고 울창했으며, 지리를 잘 몰랐다. 일본어도 제대로 못하고, 돈도 없고, 노동복 색 때문에 곧 정체는 발각되었다. 대부분이 곧 잡혔는데, 본보기로 밧줄에 묶여 강 속에 거꾸로 매달리거나, 다리 난간에 철사로 묶여 식사도 주지 않았다는 등 잔혹한 린치를 가했다고 한다.

그런데 그런 가운데 고보와 기미타무라의 주민이 도망자의 도피를 원조했다는 훈훈한 이야기도 적지 않았다는 사실을 알았다. 어떤 사람은 도망 온 조선인에게 찢어진 작업화를 벗겨 새것으로 바꿔주거나, 또 다른 사람은 배고프지는 않을까 싶어 떡과 주먹밥을 만들어주었다는 마음 따뜻한 증언도 많이 나왔다. 게다가 그 사람들의 목숨을 건 원조의 이유가 다음과 같았다.

"그 사람들도 우리와 같은 전쟁의 희생자인데, 돕는 일은 당연합니다."

어떤 시대에도 숭고한 인간애로 가득 찬 인도적 지원은 있다고 생각하니, 구원받는 기분이다.

현지 필드워크를 통해 이런 귀중한 사실을 알면서부터 뭔가 그것을 형상화해, 물질로 남겨 전하고 싶다는 강한 생각이 샘솟았다. 그래서 미요시 지방사 연구자인 후지무라 고이치(藤村耕市) 선생과 상담을 통해, 첫째, 1989년 7월『전시하 히로시마현 고보댐 조선인 강제노동의 기록(戰時下疼島県高暮ダムにおける朝鮮人强制労働の記錄)』을 출판, 둘째, 1993년 '고보댐 조선인 희생자 추모비 건립 운동'을 시작해, 95년 7월 추모비를 건설하는 데 성공했다. 이 운동의 특징은 누가 뭐라 해도 당시의 고보쵸의 다나카 고로(田中五郎) 정장이나 기미타무라의 후지와라 기요타카(藤原清隆) 촌장을 비롯한 현지 주민, 그에 종교, 문화, 교육 관계자 및 초중고 학생들까지 폭넓게 참여해 우리 조선인과 함께 운동했다는 사실이다.

그 중에서도 1993년 10월 3일 열린 히로시마 현 고교생 평화세미나의 멤버, 20명이 전개한 모금활동은 잊을 수가 없다. 그 해 10월 6일자,『고교생 세미나 뉴스(高校生ゼミナールニユース)』에 실린 학생들의 감상 중 일부를 소개하고 싶다.

"우리는 '고보댐 조선인 희생자 추모비 건립 모금'에 협력하기 위해, 10월 3일 오전 10시, 히로시마 현 청소년 센터에 모였다. 모금 운동의 의의를 이실근 선생으로부터 들은 후, 시내 모토마치(基町)의 소고(そ

ごう) 백화점 앞에서 약 한 시간 가두 모금 활동을 벌였다. 그러나 우리 대부분은 그런 활동이 처음이었다. 게다가 사람이 많아, 처음에는 부끄러워서 할 기분이 아니었지만, 시간이 갈수록 그 일에 익숙해져 모두가 힘을 냈다. 그런데 전단을 배포해도 눈도 마주치지 않고 쓰레기통에 버리거나 일부러 피해서 통행하는 사람도 있었다. 하지만 그런 일에 아랑곳 하지 않고 열심히 하자, '고보댐은 어디에 있니?', 혹은 '신문에서 봤단다. 힘내!'라고 격려해주는 사람이 점점 많아졌다. 그날 약 한 시간의 짧은 시간이긴 했지만, 3만 5천 엔 정도가 모금되었다. 우리는 그것에 자신감을 얻어 비 건립을 성공시켜야지 하고 더욱 노력할 결의를 새롭게 다졌다."

또한 모금활동은 그날 저녁 쥬고쿠방송(中国放送)과 히로시마TV에 방송되었다. 학생들 모두 기분 좋아했음은 말할 필요도 없지만, 고보쵸와 기미타무라의 현지 주민은 물론, 널리 히로시마 시내에서도 후원금을 받아, 마침내 목표액 500만 엔 가까운 모금이 모였다. 우리는 비석을 한반도에서 들여왔다. 비의 명칭도 일본어와 조선어를 병기했다. 그리고 1995년 7월 13일, 성대한 제막식을 가졌다. 그날 참가한 조선과 일본의 두 학생들을 중심으로 참가자 전원이 둑 위에 올라가 아리랑을 합창하고 명복을 빌었다. 그것은 조선인과 일본인이 함께 손을 맞잡고 활동해, 하나가 된 공생을 향한 새로운 첫걸음이었다. 무엇보다 나는 그 활동에 젊은 학생 세대가 많이 동참해서 기뻤다. 이후 매년 '비전제(碑前祭)'가 행해지고 있다. 수년 전부터는 현 내, 재일조선여성동맹(在日朝鮮女性同盟) 사람들도 참여하고 있으며, 점차 연대의 고리가 넓어지고 있다.

그 댐에 처음 내가 발을 내딛은 때는 1975년 9월 5일이었다. 마을에서

고교생 '평화세미나학습회'(1993년 10월 3일).

멀리 떨어진 깊은 산 속은 이미 가을 바람이 불어 싸늘했다. 안내해준 후지무라 고오사쿠 선생으로부터 '이 댐의 둑에는 몇 구의 조선인 노동자가 선 채로 묻혀 있다고 합니다'라는 말을 듣는 순간, 온몸에 전율을 느끼지 않을 수 없었다. 노동자들의 영혼이 단숨에 내 주위를 둘러싼 듯한 기분에 사로잡혔다. 나는 그때부터 추모비 건설까지 몇 번이나 댐을 찾곤 했으며, 그때마다 둑에 꽃다발을 바쳤지만, 땅 저편에서 '억울해요, 억울해요'라는 음성이 들려오는 듯해 몸이 움직여지지 않았던 적도 몇 번 있었다. 나는 우리말, 조선어로 '고이 잠드세요'라고 마음 속으로 계속 기원했다. 그런데 추모비를 건설한 비전제를 개최한 후로는 신기하게도 마치 영혼이 멀어진 듯 음성이 들리지 않았다. 이것으로 틀림없이 그들도 조국 땅에 무사히 되돌아간 것은 아닐까.

이런 비참한 과거의 역사 사실은 북쪽의 홋카이도(北海道)로부터 남쪽의 남방제도(南方諸島, 옛 일본군 기지)에 이르기까지 셀 수 없을 만큼 존재하지만, 대부분 미해결인 채로 남아 있다. 일본의 일부 정치인 중에는 '언제까지 과거에 집착할 것인가?'라고 말하는 사람도 있지만, 문제는 그 과거를 청산하지 않고, 젊은 세대에게 이런 일본의 과거 역사를 가르치지도 않고 덮어둔 채로 있다는 점이다. 나는 학생들이 이러한 사실을 알고 행동의 중요성을 배운 이 '고보댐 조선인 추모비' 활동이 바로 공생을 향한 길이라 확신한다.

최고의 이해자, 가장 사랑하는 처에게…감사의 마음을 담아

조선인으로 전쟁의 시대에 일본이라는 나라에서 태어나 피폭 체험과 함께 살아온 내 이야기도 거의 끝나간다. 여기서 나의 소중한 가족을 좀 소개해야겠다. 일본에서 태어나 이 나라에서 나는 가족을 만들었다. 아내를 맞았고, 1남 2녀의 세 아이를 얻었으며, 이어지는 손자 9명. 내가 사랑하는 17명의 가족들. 그러나 2005년 여름, 막 46세가 된 맏딸, 영희(英姬)가 갑자기 지주막하출혈(蜘蛛膜下出血)로 급서해, 16명이 되었다.

아내 박옥순(朴玉順)은 나보다 5살 연하로 히로시마 현 북서부에 위치한 신뉴산(深入山) 기슭 근처에서 나고 자란 재일 2세. 세 살 때 어머니를 여의고 홀아버지 손에서 자란 탓도 있어서인지 마음이 탄탄한 다부진 성격의 여성이다. 그때문에 내게는 엄격하다! 하지만 자녀나 손자들에게는 자애로운 어머니처럼 상냥하고 교육열도 강한 여성이기도 하다. 그녀와의 첫 만남은 여느 때처럼 '반전 반미 삐라 사건'에서 쫓기는 신세가 됐고, 히로시마에서 비합법 생활을 보낼 때였다. 그 시절, 나는 히로시마현의 야스후루이치(安古市)의 조선인 지구에서 젊은 처녀들에게 '사회 과학발전사'를 가르쳤다. 그녀는 그 수강생 중 한 명이었다. 그녀에게 내 정체를 털어놓으면서, 조국을 위해 두 번 다시 오지 않는 청춘을 헛되이 하지 않고 '가치 있는 삶'을 살지 않겠느냐는 말을 건넸다. 그때가 1951년 초봄이었다. 야스후루이치의 후루카와(古川) 둑에 붉은 담홍색 목화꽃이 피기 시작하고 있었다. 우리는 웬일인지 가시 있는 그 꽃을 좋아했고, 그때부터 둘이 자주 그 둑을 산보하면서, 조국과 민족을 이야기하며, 민족성을 잃지 않고, 조선인답게 긍지 있는 인생을 걸어나가자고 다짐했다. 그리고 이윽고 그 해 연말, 조직으로부터 권유도 있어서 결혼을 하게 되었다. 그러나 내가 쫓기는 신세여서, 실제 결혼생활은 정확히 그 다짐으로부터 장장 8년의 세월이 흐른 후인 1959년부터 시작되었다. 그 동안 줄곧 힘든 고생과 괴로움을 겪게 했지만, 그래도 그녀는 지금도 저 '후루카와의 다짐'을 잊지 않고 나의 운동을 지지해주면서 동지적 의리를 보여줬다. 정말 얼마나 감사하고 감사한지 모르겠다.

무엇보다도 누구보다 나의 저 긴 혹독한 옥중생활을 뒷바라지 해준 사람이 그녀였다. 형량이 길다는 사실 자체가 물론 고통이었지만, 가령 형기가 만료해도 살아서 돌아간다는 보장이 전혀 없었기에 그것이 더욱 나를 힘들게 했다. 그러나 그녀는 미동도 하지 않고 오로지 나를 기다려줬다. 그리고 출옥 후 고난의 생활 속에서도 불만 하나 나타내지 않고, 세 아이들을 훌륭하게 키웠다. 저 '후루카와의 다짐' 그대로 세 아이 모두에게 의무 교육을 확실히 시켰고, 최고 학부까지 보냈다. 바로 '조선의 어머니'가 아니면 하지 못하는 일이기에, 내 최대의 자랑이자 긍지다.

나는 전후 각종 사회활동과 평화운동으로 분주해 우리 아이들에게 무

야스후루이치(安古市)에서 결혼. 나는 22세, 처는 17세(1951년 11월 18일). 당시 반미 운동으로 도망자 신세였고, 비합법 생활을 하고 있었지만, 그 사실을 몰랐던 사진관은 이 사진을 크게 확대해 사진관 앞에 걸어 두었다.

엇 하나 해준 것이 없다. 세간에 '아이는 부모의 등을 보고 자란다[4]'는 말이 있다. 나도 남보다 배로 그것을 소망했지만, 현실에서 그럴 수 없었던 점을 뉘우치고 있다.

재일동포 중에는 조국을 꺼려하고 이름과 국적까지 바꿔 귀화하거나 혹은 마치 일본인처럼 사는 사람도 적지 않다. 그러나 아무튼 모습을 바꾸고 형태를 바꾸어도, 국적, 이름을 바꾼다 해도 결코 다른 민족이 될 수 없다. 그처럼 자신을 속인 '망국의 백성'은 '상갓집의 개(葬家の家の犬)[5]'와 유사하고, 애처로울 수밖에 없다.

나 자신, 전후 최초로 마음 속에 내 '조국'을 되찾은 그때부터 '조국과 민족은 나의 생명'이라고 마음에 새겨왔다. 그리고 후손들에게 그 생각을 계승하고 싶었고, 그러길 소망했다. 나는 아내 덕분에 수월하게 그 길이 개척되고 있어, 무엇보다 기쁘고 행복하다. 아내에게 마음 깊이 감사를 전하고 싶다.

---

4) 한국의 '아이는 부모의 거울이다'는 말과 비슷한 말로 부모의 생활습관을 아이가 모르는 사이에 배운다는 의미다. 또한 부모가 세상에 숨기고자 하는 일도 아이는 일상적으로 잘 보고 있어서 부모의 그런 면도 수용한다는 의미다. 곧 아이는 부모의 좋은 면, 나쁜 면 모두를 상식으로 받아들인다는 뜻.(역주)

5) 葬家の家の犬: 먹이주는 주인을 잃고 들개로 영락한 개를 의미. 상갓집 개는 상중이라 개에게 먹이주는 일을 잊어버려 개의 기력이 떨어진다는 말. 곧 몹시 여위어 기운이 다한 사람, 혹은 떠돌이를 비유.(역주)

에필로그

원수금운동을 생각하다

2005년 연말, 피폭 7단체의 주요 멤버가 나카구 오테마치(中区大手町)의 한 술집에 모였다. '피폭 60주년'을 총괄하고 한층 더 광범위한 핵폐절운동의 전망을 열기 위한 '망년회'를 하자고 해서였다. 물론 두 피폭자단체협의회의 리더, 즈보이 스나오(坪井直)[1], 가네코 가즈시(金子一士)[2] 선생도 참석했다.

여러 이야기가 오가던 중, 나는 즈보아, 가네코 두 분에게 이런 제안을 했다. '피폭 60년인 올해, 여러 성과를 올려 왔지만, 더 큰 성과를 거두기 위해서는 피폭자단체가 하나로 뭉칠 필요가 있다. 조직 통일이 가능하다면 가장 좋지만, 그것이 어렵다면 적어도 핵폐절 · 평화라는 목적을 향해 행동통일 정도는 가능한 한 추구해야 하지 않겠는가.'

두 분 모두 '그거야 그렇지. 우리도 바라는 바입니다'라고 입을 모았다. '그래서 이의가 없다면, 이 자리에서 악수하면 어떻습니까?'라고 거듭 권했다. 두 사람이 악수하는 모습을 보며, 모두 박수를 치고 '함께 힘내자!'

---

1) 1925년 출생. '일본원수폭피해자단체협의회' 대표위원, '히로시마현원수폭피해자단체협의회' 이사장, 전직 교사.(역주)
2) 1926년 출생. '히로시마현원수폭피해자단체협의회' 이사장.(역주)

며 서로 결의를 다졌다. 그리고 '내년 피폭자 집회는 함께 하자, 그러면 참가자도 늘고, 호소력도 커진다'며 확인했다.

예를 들면 핵실험 반대 농성 등은 왜 함께 할 수 없는가. 그것은 사상·신념·정치적 입장을 떠나 공통의 염원이다. 함께 농성한다 해서 시민이 백안시 하지 않는다. 단독으로는 동원 수도 겨우 7, 80명에 불과하지만, 함께 하면 참가자도 확실히 두 배 이상 늘어, 호소력도 틀림없이 커진다.

그러나 현실은 꼭 그렇게 가지만은 않는 듯싶다. 2월에 미국 네바다 핵실험장에서 있었던 미·영(美英) 공동경계 앞 핵실험 항의 농성도 결국은 따로 이루어졌다. 뜻밖에 일어난 원폭돔 인접지의 고층 맨션 건설문제로, 7개 단체가 반대 서명운동에 몰두했을 때도 한쪽 당사자가 이렇게 말했다.

'이 씨, 당신이 말하는 원칙론은 옳다. 옳지만, 실제로 조직 안에는 보수계 지지자도 있다. 현실적으로는 어렵다고.' 참으로 한심한 이야기다.

일본의 원수폭금지운동은 1954년(쇼와 29년) 3월, 남태평양 비키니 수폭실험으로 참치어선, '제5후쿠류마루(第五福竜丸)'가 피폭당해, 귀국 후 승무원이 사망한 사건을 계기로 큰 물결로 확산됐고, 55년 8월 6일 제1회 원수폭금지세계대회 개최로 이어졌다. 그러나 운동은 그 후 구소비에트 연방의 핵실험을 두고 생각의 차이가 표면화하는 등 점차 정당 계열화의 길을 모색했다. 마침내 1963년 8월, 전학련(全學連)³⁾까지

---

3) 전일본학생자치회총연합(全日本学生自治会総連合)의 약칭으로 1948년 145개 대학의 학생 자치회에서 결성, 처음에는 일본공산당의 강한 영향 하에 있었지만, 1955년 6전협(六全協) 이후 일본공산당 비판 성향이 주류였다. 게다가 주류 각파 간 전공투도 결성돼 1960년대에서 1970년대에 걸쳐 안보투쟁 등에서 치열한 학생운동을 전개했다. 1970년대 이후에는 신좌익 각파의 영향이 높아졌지만 안보의 성립이나 당파 간 내분과 연합적군사건 등으로 운동이 퇴조했다. 분열을 반복해온 과정에서 2012년 현재, 5개 단체가 전학련을 자칭하고 있고, 각자가 스스로의 정당성을 주장하고 있다.(역주)

평화공원 세계대회의 회장에 한번에 밀려들면서 원수금운동은 분열된다. 이후 원수폭금지일본협의회(원수협)⁴⁾, 원수폭금지일본국민회의(원수금)⁵⁾은 매년 따로 대회를 개최했으며, 피폭자단체도 분열된 채 오늘에 이르고 있다.

나는 1980년대 히로시마의 중심지, 핫쵸보리(八丁堀)에서 갈비집 '이매진'을 경영했다. 이미 고인이 된 모리타키 이치로(森掩市郎), 사쿠마 기

---

4) 1955년 결성된 일본의 반핵평화단체의 전국조직. 약칭 원수협. 도도부현을 비롯한 지역 노동조합 내 등을 단위로 하부조직이 있고, 정식 명칭은 '원수폭금지○○협의회', 통칭을 '○○원수협'으로 한다. 연 1회 히로시마시와 나가사키시에 원자폭탄이 투하된 8월에 '원수폭금지세계대회'를 개최, 각지에서 '핵무기 폐절'을 내건 운동 전개. 원래는 광범위한 운동단체였지만 일본과 미국 간의 상호협력 및 안전보장조약이나 일본공산당 계열의 핵무기 소유국가인 소비에트연방과 중화인민공화국에 대한 방침의 모순 등으로 자유민주당 계열, 민사당 계열, 일본사회당 계열이 이탈·탈퇴하여 따로 단체를 만들었다.(역주)

5) 1965년 부분적 핵실험 금지조약의 찬반을 놓고 원수폭금지일본협의회(약칭 원수협) 내 일본사회당(현 사회민주당)·일본노동조합총평의회(현 일본노동조합총 연합회) 직계 그룹은 조약에 찬성했고, 원수협 주류였던 일본공산당 계열과 대립하고 탈퇴해 결성한 단체. 이때 핵무기를 소유하고 핵실험을 하고 있음에도 소비에트연방이 원수금을 전면 지지한다. 원수금은 원수협이 '소련의 핵개발에 찬성한다', '본래 반전단체, 평화단체가 실천해야 할 안보투쟁을 반핵운동으로 넘긴다' 등을 원수금 결성 이유로 강조했다. 원자력철폐(탈원전)에도 적극 나섰다. 핵포기는 '궁극적 목표'로 했고, 또 핵확산금지조약, 포괄적 핵실험 금지조약 체제에 호의적이며, 국제연합의 틀을 통한 핵폐절 노력을 추진하고 있다. 일본 정부는 이들 조약을 비준하고 있지만 미일 안보조약의 견지를 전제로 하고 있으며, 전제가 붕괴됐을 때 탈퇴도 언급하고 있어 원수금의 입장과는 다르다. 1980년대 원수협과 합동으로 집회를 몇 번 개최했다. 그 후 민사당(후에 '민사협회'. 민주당 내부)계의 핵무기금지평화건설국민회의(약칭 '핵금회의'. 미일안보와 원자력 발전 문제를 두고 입장 대립으로 역시 원수협에서 이탈했다)와 공동투쟁으로 2005년부터 핵금회의 연합·합동으로 히로시마·나가사키에서 평화대회를 주최해왔다. 다만 핵금회의는 '평화를 위한 원자력' 곧 원자력 발전을 추진해, 반원전은 단독 행동 및 탈원전 단체와 공투하고 있다. 그러나 2011년 3월 11일 후쿠시마 제일 원자력 발전소 사고로 탈핵을 분명히 한 원수금과 계속 원자력 평화 이용을 주장한 핵금회의 사이의 균열은 커졌다. 2011년 평화대회에서 원수금의 가와노 고우이치(川野浩一) 의장이 원전을 문제 삼았고 연합·핵금회의는 반발했다. 2012년 평화 대회를 앞두고 핵금회의의 가마타키 히로오(鎌滝博雄) 전무이사는 '대회에서 탈원자력 발전을 요구한다면 향후 함께 할 수 없다'며 원수금을 비판했다. 원수금의 인사말에 '핵과 인류는 공존할 수 없다'는 문구가 사전 핵금회의 측에 문제가 되었다. 인사말은 그대로 진행됐지만 평화대회에 앞서 원수금, 핵금회의가 각각 단독으로 집회를 여는 등 갈등이 깊어졌다. 그 해 10월 핵금회의는 원수금의 인사는 '대회 취지에서 일탈했다'고 반발해 '향후 3단체 평화대회 개최는 곤란'이라고 전했고, 최종 핵금회의 요구가 통과, 2013년 평화대회는 연합 단독 주최가 되었다.(역주)

요시(佐久間澄) 등을 비롯해 핵폐절 운동의 지도적인 위치에 있던 사람들이 그야말로 '단골손님'처럼 많이 모여들었고, 평화보도에 종사하는 언론인들도 연루되어 뜨겁게 서로 토론하곤 했다. '히로시마의 양산박'[6] 등으로 불렸다. 그런데 다음 날 아침, 술이 깨면, 각자 '조직의 얼굴'로 되돌아가버린다. 안타까웠고, 작년 망년회도 동일한 일의 반복인가 하고 씁쓸한 생각에 입이 다물어진다.

'히바쿠샤(ヒバクシャ)'는 오늘날 세계 속에 존재한다. 핵 실험장이었던 남태평양의 섬들, 호주 내륙부에 거주하는 선주민족, 체르노빌 원전 사고로 당한 피폭, 게다가 걸프전에서 미군이 대량으로 사용한 열화우라늄탄의 피폭자들. '반핵·평화'라는 보편적 주제는 오늘 한층 더 긴급성을 더해 가는 데 국제 반핵운동을 주도해야 할 입장의 일본의 원수금운동이 분열된 채 있는 상황은 안타깝기 그지없다.

실은 2005년 6월, 한국의 시민단체와 국회의원의 초청으로 서울의 국회 본회의장에서 강연할 기회를 얻었다. 회의장에는 피폭 사진도 전시되었다. 한국인 원폭피해자도 많은데, 나를 특별히 초대했다는 사실은 확실히 역사적인 사건이라 해도 무방하리라 본다. 게다가 한국의 원폭피해자 단체는 2006년 봄, 히로시마현 원수협과 연대를 위해 히로시마를 방문했다. 그들은 일본의 운동단체가 둘로 분열되어 있는 상황을 알고도 굳이 공산당계의 원수협과 연대했다. 김대중정권 이전, 민주화운동이 탄압받던 시대 같으면, 이런 행동은 '반공법'으로 엄격히 감시당하고, 틀림없이 목숨을 건 행동이었을 테다. 그때 교류회에서 한국 내 '원폭사진전' 기획이 제기됐고, 실행으로 이어졌다. 하나의 싹이 터져 나오면, 그것은 다음 결실로 이어져 간다. 누군가 소리 높여 행동을 일으키면 성과는 반

---

6) 호걸이나 야심가들이 모이는 곳.(역주)

대한민국 국회의사당 앞에서 아들 영일과 함께(2005년 6월 1일).

드시 생기리라 나는 생각한다.

이 한가지 사례를 봐도, 민주화운동의 흐름은 새로운 상황을 계속 낳는다고 말할 수 있으리라. 한국의 원폭피해자 단체와 공동행동이 취해졌다. 왜 일본인끼리는 공동행동이 취해지지 않는가. 의문시 되지 않는다. 히로시마ㆍ나가사키의 외침이 일본 국내 구석구석까지 닿지 않는 요인에는 이런 조직 분열 상태도 한 몫 하지 않는가. 아시아와 세계 각국에 확산하려 생각한다면, 더 넓은 도량을 가지고 통일을 달성해야만 한다고 생각한다.

한반도는 동일한 민족이지만 분단되어 피해를 받아왔다. 그러나 2000년 '남북공동선언'에서 조국통일의 기운이 고조되었다. 재일의 두 조직(조선총련과 민단)도 공동선언을 바탕으로 악수하고 화해의 길을 걷기 시작했다. 일본에서 경계선이 있을 이유가 없다. 스스로 경계선을 그은 채로 하려 하지 않고, 공통의 과제를 향해 넓은 시야를 갖고 대국(大局)

의 입장에서 행동해주기를 통절히 바란다.

피폭 60년을 생각하다

인간으로서 삶의 자부심을 빼앗긴 1910년, 한일병합으로부터 지금 1세기가 지났다. 종전의 기쁨도 잠시, 외세에 의해 한반도는 북위 38도선에서 남북으로 분단. 우리는 서로 이해 가능한 동일한 언어로 말하는 한민족이면서도, 둘로 게다가 적대하는 나라로 따로따로 걸어가야만 했다. 참 긴 여정이었다.

2000년 6월 15일 '남북공동선언'으로 우리는 겨우 한 길을 함께 걸으려하고 있다. 2005년 8월 15일, 남의 한라산, 북의 백두산에서 성화가 운반되어 그 등불이 서울에서 하나가 되었다. 퍼레이드와 대원무(大円舞) 등 다양한 행사도 열렸다. 군사분계선은 아직 존재하지만, 사람끼리의 마음, 남북의 거리는 점점 가까워지고 있다는 사실을 실감할 수 있었다. 이는 정말 기쁜 일이다.

피폭으로부터 60년, 한일협정으로부터 40년, 무라야마(村山) 전 수상의 50년 담화로부터 10년이 경과했다. 또한 '무엇이 변하지 않고 있는가'를 냉정히 되묻고 싶은 생각이다.

한반도는 저 비극의 혼란에서 60년이 지난 지금, 쌍방이 한 걸음 한 걸음 다가가며 확실히 변하려 하고 있다. 한편, 일본을 보면, 최근 수상한 분위기가 한 발 한 발 자욱하게 엄습해온다고밖에 생각될 수 없는 상황이다. 일본에서는 1945년 8월 15일 이전의 역사를 모르는 정치가가 점점 증가하고 있다. 그리고 저 교육칙어의 시대로 되돌리려는 교육기본법의 개정, 자위대를 자위군으로 다시 양성하려는 헌법 9조의 개정, 게다가 핵무기를 지니

'토마호크 반대!' 뉴욕시내 데모에 참가(1988년 6월).

려는 움직임까지 갈수록 노골적으로 나오는 듯한 느낌이다.

야스쿠니 신사참배는 어떤 의미를 지니는가. 당시 아시아태평양전쟁, 중일전쟁을 치룬 군부는 전쟁을 대일본제국의 자존자위와 구미 제국의 지배에서 아시아의 해방을 위한 정의의 전쟁으로 생각했다. 그 정의를 위해 싸운 영령에 합장하는 일이 왜 안되는가라는 생각이 야스쿠니 신사 참배를 정당화하는 근저에 깔려있다. 그러나 전쟁에 정의란 결코 있을 수 없다. 나는 그렇게 믿고 여기까지 걸어왔다.

아사히신문(朝日新聞)은 2005년 8월 9일 사설에서 최근 일본의 외교는 '사방이 꽉 막힌 불운한 형국'이라고 지적했다. 중국과 한국에 확산되는 반일운동 그리고 유엔 상임이사국 진출도 절망적인 상황에서 아시아와 관계가 좋지 않은 일본은 아프리카를 잘 이용하고, 이용하려고 생각했지만 이마저 보란 듯이 실패로 끝나버렸다.

국제적인 입장에서 일본이 해야만 하는, 어느 나라에도 뒤지지 않고,

유일하게 호소할 수 있는 일이란 무엇인가. 그것은 세계 최초의 피폭지인 히로시마·나가사키의 평화운동의 목소리를 더욱더 세계로 전하는 일이다. 왜, 일본 국내에서조차 핵군축, 핵폐지의 목소리가 크게 확장되지 않는가. 아직도 반일이라는 큰 장벽에 가로막혀 있는 아시아 여러 국가에서는 일본의 전쟁이 원폭투하로 끝나서 잘 되었다. 더 철저히 해야만 했다는 투하긍정론 조차 나오는 상황이다. 이는 정말 슬프다.

평화헌법을 가진 일본이 왜 이제 와서 무장한 군인을 이라크에 파견하는가. 전쟁 경험이 있기 때문에 탄생된 헌법9조. 그 신념은 어디로 갔는가. 일본은 미국이 받쳐준 핵우산 하에서 유지되어 왔다. 일본이 지니지는 않았어도 핵을 가진 미국에게 보호받아 왔다는 사실. 이를 어떻게 생각해야만 하는가. 전후 60년 간, 아시아 여러 국가, 나아가 세계는 그런 확실하고, 분명히 생각해야만 할 일을 계속 회피해온 일본의 '부채'를 비판해온 게 아닌가. 지금이야말로 일본은 과거의 역사를 겸허히 성찰해야만 한다.

나는 15년간 히로시마의 수도대학(修道大學)에서 인권과 차별을 가르치며, 일본의 근현대사도 가르쳐왔다. 일본의 과거 역사란 무엇인가. 지금까지 일본은 한 번이라도 자국의 과거를 파헤쳐 살펴보려고 한 적이 있는가. 전후, 일본의 소중고등학교, 대학에서 일본의 과거 100년의 근현대사를 가르치는 곳이 있는가.

전후 50년인 1995년 8월 15일, 무라야마(村山) 전 수상이 50년 담화를 발표했다.

'우리나라는 오래지 않은 과거 한 시기, 국책의 잘못으로 전쟁의 길을 걸었고, 국민을 존망의 위기로 몰아넣었으며, 식민지 지배와 침략으로,

많은 나라, 특히 아시아 국가들에게 다대한 손해와 고통을 주었습니다. 이에 다시 통절한 반성과 마음에서의 사죄를 표명합니다.'

이는 훌륭한 담화였다. 그러나 한편에서 고이즈미(小泉) 수상은 A급 전범을 모신 야스쿠니 신사를 참배한다. 언행의 불일치라고 다른 나라로부터 비판받을 수밖에 없다.

1945년까지는 세계에 3대 파시즘이 존재했다. 동양의 일본, 유럽의 독일, 그리고 이탈리아. 이탈리아는 1943년 무조건 항복했으므로 45년까지 남은 나라는 일본과 독일이었다. 독일은 5월 7일, 무조건 항복하고 8일에 조인했다. 그리고 일본은 8월 15일 종전된 셈이다.

같은 길을 걸어온 독일의 전 대통령, 바이츠제커(Weizsäcker, Richard von)는 말한다.

'과거에 눈 감는 자는 오늘 현재를 볼 수 없다.'

사망한 전 로마교황 요한 바오로 2세(John Paul Ⅱ)도 히로시마 순례 때 말했다.

'과거를 성찰하는 일은 미래에 책임을 지는 일이다.'

일본도 역시 있었던 일을 지우개로 지워버릴 수는 없다. 아무런 말 없이 괴로운 과거를 직시하고 검증해야만 한다. 독일은 확실히 나치가 해온 일, 히틀러가 해온 일을 주변국들과 함께 계속 제대로 검증하고 있다. 일본은 어떠한가. 아무런 일도 하지 않고 있다. 연합군 극동군사재판에 위임할 뿐 국민 스스로는 검증해오지 않았다.

일본의 메이지 이후의 전쟁은 모두 천황의 명령 하에서 이뤄졌다. 어전회의 때 천황 앞에서 결정되어 수행되었다. 1894년(메이지 27년)에서

1945년까지, 51년 동안 다섯 번의 큰 전쟁이 있었다. 청일전쟁, 러일전쟁, 만주사변, 중일전쟁, 아시아태평양전쟁. 모두가 일본이 시작하고, 일본 밖으로 나가서 시작한 전쟁이다. 그런 일을 제대로 검증해야만 한다. 아우슈비츠 사건은 방영하지만, 731부대가 중국에서 무엇을 했는가는 은폐하고 있다. 자신들의 잘못이나 보고 싶지 않은 일은 눈을 감고 모른 체 한다. 그것은 잘못된 일이다. 과거 청산이 없는 미래지향이란 있을 수 없다. 과거 자국의 역사를 함께 올바르게 배우고 구전해 가자. 인간으로 하루를 살아도 가치 있게 살아, 항상 진실을 판별하는 마음의 눈을 소중히 키워가자.

1975년 내가 '조선피폭자협회'를 만든 후 30년이라는 세월이 흘렀다. 그동안 1977년 당시 후지타 마사아키(藤田正明) 총무장관으로 시작해, 2005년 8월까지 21명의 관계 각 대신과 9명의 총리대신에게 요청해 온 재조피폭자 지원조치는 지금도 '검토 중'이다. 일본정부의 '검토'란 28년 걸려도 결론나지 않을 정도로 어려운가? 조피협 멤버도 이제는 꽤 줄었다. 처음에는 130명으로 출발, 한때는 540명까지 늘어났지만, 북한으로 귀국한 자, 사망한 자도 많아, 지금은 300명을 밑돌지 않을까. 단 일본에 사는 조선·한국인 피폭자를 모두 포함하면 4,200명 정도 된다. 그 중 약 1,500명이 히로시마현에 살며, 대부분 히로시마 시내에 산다. 아직 상당수의 피폭자가 남아 있다.

지금 다시 30년을 회고해보면, 내가 걸어온 길은 피폭자 문제만으로 한정되지 않고, 모든 게 정말 어렵고 힘들었다. 몇 번이나 좌절했는가. 그러나 그때마다 난관을 넘어, 하려고 마음먹은 일을 성취해 온 날을 생각하면, '그때 피폭자 조직을 만들길 잘 했다'란 감회가 절실히 든다. 후

러시아 민스크에서 반핵을 호소하며(1987년 8월).

북한의 고(故) 김용순(金容淳) 서기와의 만남(1992년 6월).
이때 실태조사용지 1만 장을 전달했다.

회는 없다. 틀리지 않았다. 그런 자부심과 프라이드가 지금 내게 하나의 만족감과 자신감을 갖게 해준다. 만약 그때 피폭자 조직을 만들지 않았다면, '조선인에게도 피폭자가 있다'는 역사적 사실 조차 세상에 인지되지 않았을 테고, 반전 · 반핵 평화운동의 대열에 동참은 물론 북한 거주 피폭자 문제는 틀림없이 알려지지 않았을 테다.

그동안 북한에서 수행한 활동도 착실하게 결실을 맺어왔다. 1989년, 북한에서 10명의 피해자를 찾아낸 일을 계기로 95년 2월, 마침내 북한 거주 피폭자들의 '반핵평화를위한조선원폭피폭자협회' 창립도 성공을 거두었다. 99년 8월, 수도 평양에서 처음으로 원폭사진전이 개최되는 등 재조피폭자의 구제활동도 적극 이뤄졌다. 나 자신도 1989년에서 2005년까지 17회, 조국을 방문하고, 당시 북한의 No.3라 불리던 고(故) 김용순(金容淳)[7] 서기를 비롯해 당 및 정부기관의 간부들과도 직접 만나 국가 간의 문제로 구제조치를 요구하도록 요청해왔다.

피폭 60년, 많은 동지가 세상을 떠났고, 아무것도 해줄 수 없었던 슬픔이나 괴로움도 음미하며, 우리 피폭자의 평균연령은 73세가 되었다. 우리에게 피폭 60년은 찾아왔지만, 70년은 없을는지도 모른다. 어떻든 살아있는 동안 국가보상에 근거한 원호조치 실현을 향해 계속 싸워나가고 싶다.

---

7) 김용순(1934~2003. 10. 26): 조선로동당 비서를 지낸 북한의 정치인. 김일성종합대학 국제관계학과를 졸업. 북한 동남부 지방관리를 거쳐, 이집트 대사, 조선로동당 국제부부장, 조선로동당 대남담당 비서 등을 역임. 다시 조선로동당 국제부장이 되었다가 1991년 당 통일전선부장으로 자리를 옮김. 2003년 10월 26일, 교통사고로 사망.(역주)

2004년 8월 20일 현재, 재조피폭자 수

총수: 928명
내역: 히로시마에서 피폭한 자 770명 (남: 423명, 여: 347명)
      나가사키에서 피폭한 자 158명 (남: 110명, 여: 48명)

마지막으로 내 오랜 활동을 회고해보면, 나를 강력히 도와준, 잊어서는 안 될 존재가 있는데, 일본 언론이었다. 언론이 지지해주지 않았다면, 예상 외로 도중에 꺾이고 말았으리라. 혹은 내 자신이 소리 없이 붕괴했을는지도 모른다. 미즈하라(水原) 씨, 사사키(佐々木) 씨, 마키(槙) 씨, 아사이(浅井) 씨, 하바라(羽原) 씨, 가와카미(川上) 씨…아직 더 많이 있다. 당시 '저널리스트회의'의 모토가 '이(李)를 죽이지 마라'였다.

'그가 정치적 생명을 잃지 않아야 한다. 그를 도와야 한다.'

그런 따뜻하고 든든한 지원이 계속 나를 살려줬다.

또한 내가 만든 조직에 가담한 피폭자들의 적극적인 참가도 있었다. 각기 자신의 문제로 주체적으로 역량을 발휘해 내게 협력해줬다. 그리고 원수금 사람들의 따뜻한 지원도 받을 수 있었다. 당시는 사회당계의 원수금과, 피단협에서 지원이 많았고, 그 가운데서도 고(故) 모리타키 이치로(森瀧一郎) 선생, 미야자키 야스오(宮崎安男) 씨, 고(故) 곤도 고오시로(近藤幸四郎) 씨가 적극 응원해줬다. 특히 70년대 끝 무렵부터 80년대 걸쳐서는 항상 원수금운동 안에서 대소 불문하고, 여러 회합과 학습회, 강연 등에 참가했다. 게다가 국제적인 지원도 있었다. 해외의 수많은 지원 덕에 운동의 강력함을 실감할 수 있었다. 운동을 계속 지속해 가는 큰 버팀목이 되었다. 가령, 독일의 프로테스탄트, 미국의 평화단체와의 교류도 그 하나였다. 미국에서는 캘리포니아대학 로스앤젤레스교와 버클리대학을

유럽의 반핵운동에 참여(1983년 10월).
독일 입국 때 공항에서 맞아준 환영단과 유럽 순회 강연회.

방문, 바바라 레이놀즈(Barbara Reynolds)[8] 씨와 만나, 전미(全美) 방사능
전국집회에도 참석했다. 제3회 국련 군축총회 분과회에서 연설의 기회도
얻었다. 구서독은 한 달 동안 강연을 계속했다. 구동독과 소련에도 갔다.
또한 최근에는 한국과 교류도 활발히 이뤄졌다. 모든 장소에서 마음 따뜻
한 사람들과의 만남이 큰 버팀목이 됐고, 조선인피폭자로서 내게 자신감
을 갖도록 해줬다. 그리고 전진해야 할 길이 분명히 보였다.

　나는 왜 이런 길을 걸어왔는가를 생각한다. 내게는 하등 쓸모도 없는
정치활동이 내 자신에게 맞았을까. 나는 좋아하면 평생 이 방향으로 살
아가자 하는 인생관을 가졌다. 돈 벌고 싶다 생각한 적이 한 번도 없었
다. 피폭자를 구제하는 일은 핵무기를 없애는 일, 세계평화 그리고 무엇
보다 우리의 비원인 조국의 자주적 평화통일로 이어진다. 두 번 다시 조
국과 민족이 침탈되면 안 된다. 조국과 민족은 나의 생명이다. 그것을 위

---

8) 바바라 레이놀즈(1915~1990): 미국의 평화운동가. 1951년 당시 원폭상해조사위원회(현 방
　사선영향연구소)연구원이었던 남편과 함께 히로시마를 방문, 원폭 피해의 비참함을 체험.
　1958년 태평양 에니웨톡(Eniwetok) 환초의 출입 금지구역에 요트를 타고 미국의 수소폭탄
　실험에 항의. 62년부터 '히로시마 평화순례', 64년 '히로시마 · 나가사키 세계 평화순례' 실시.
　피해자나 학자 등과 함께 세계 각국을 평화 순례했다. 65년 미나미간논(南観音)에 '히로시마
　의 세계를 향한 창구(ヒロシマの世界への窓口)'로서 '월드 프렌드쉽 센터' 창설. 일본 및 세
　계 각국에서 평화운동에 주력한 공로로 1975년 10월 15일 히로시마 시의 특별 명예시민으
　로 추대.(역주)

뜨거운 유럽의 반핵 여행. 독일 · 함부르크 40만 집회에서 연설(1983년 10월).
독일의 프리랜서 기자 덕택으로 독일 입국이 실현되었다.

독일 최북단 킬(Kiel)에서 내 강연을 들으러 온 사람들. 젊은이가 압도적으로 많았다.

해 지금까지 싸워왔다. 내 생각은 결코 틀리지 않았다. 지금도 내 이 신념은 변하지 않았다. 앞으로도 변하지 않는다. 이 점만은 분명하다. 내 자신이 움직일 수 있는 동안은 이 방향으로 계속 전진해가려고 생각하고 있다. 앞으로의 여생도 반전 · 반핵 · 평화에 기여할 수 있도록 더욱 노력하고 싶다.

후기

　이 책은 과거 조선이 일제 식민지 지배 하에 있던 시대, 일본에서 태어나 자라, 현재까지 이 나라에서 70여년 간 살면서 체험한 온갖 고난에 찬 생활을 내 나름의 입장에서 엮은 자서전이다. 내용은 1장에서 4장으로 구성되었다.

　우선 전전의 민족말살 정책, 특히 교육칙어에 근거한 황민화 교육 속에서 무의식적으로 민족성을 약탈당한 채, 천황과 나라를 위해 도움되는 아이가 되고자 충군애국의 군국소년으로 육성된 소년시대. 그리고 전후 일본의 패전으로 발생한 대 혼란기 속에서 운 좋게도 '배움의 장'이라는 혜택을 받아, 어떻게든 민족의식을 회복하고, 조국을 향한 마음에서 반전반핵을 향해 몸을 던진 청춘시대. 정치범으로 투옥된 파란만장한 옥중생활. 그리고 출옥 후로부터 지금까지에 이르는 평화운동에 관한 내용이다. 지금 전부 다 쓰고 나서 다시 읽어보니, 내가 얼마나 많은 사람의 온정에 의지해 왔는지 새삼 생각된다. 게다가 대부분이 곤경, 역경에 처했던 시기였던지라 더욱 감회가 깊다. 조국을 비롯해 재일동포와 조직은 물론 일본 정치가, 학자, 문화인 그리고 많은 친구, 지인들…. 예로부터 조선에는 사람에게 도움과 혜택을 받는 사람을 '인덕(人德)이 있는 사람'이라 하는데, 아내도 나를 '당신은 언제나 인덕을 받고 있으니 행복한 사람이다'라고 말한다. 나는 이 자리를 빌려, 지금까지 숱한 지도, 편달, 게다가 뜨거운 우정을 보여준 친구, 지인 모두 그리고 몇 번이나 따뜻한 지원, 협력을 아끼지 않았던 전체 모두에게 다시 한 번 마음 깊이 감사 인사를 표하고 싶다.

다음으로 이 책 안에서 내가 직접 관계했던 당시 공산당과의 관계를 조금 해명하고자 작업을 추진했지만, 그때(1950년대)로부터 이미 약 반세기의 세월이 흘렀고, 이제 당시 간부들도 그 태반은 타계했다. 혹은 생존해 있어도 80대 중반을 넘는 고령으로 기억이 가물가물하며, 제대로 증언 채록도 할 수 없다고 판단해, 미련이 남지만 단념하기로 했다. 이 사실을 덧붙여 말해두고 싶다. 이 책에 나오는 '공산당', '공산당원', '공산주의자' 표현은 모두 현재 일본공산당과는 어떠한 관계도 없다는 점을 여기에 명확히 해둔다.

끝으로 이 책의 출판을 위해 죠분샤(汐文社) 사장, 요시모토 다카노리(吉元尊則) 씨를 소개해주신 히로시마영화센터의 우시오 히데타카(牛尾英隆) 씨 그리고 내 서툰 원고를 보다 아름답고 훌륭하게 완성해준 프리라이터 아오키 사치코(青木幸子) 씨, 그리고 죠분샤 여러분께 깊은 감사를 드린다.

또한 출판 몇 년 전부터, 피폭 체험 청취 작업에 남다른 진력을 다하신 의료소셜워커의 무라카미 스가코(村上須賀子) 씨, 오케야 요코(桶舍洋子) 씨, 후지타 가오리(藤田花緒里) 씨, 와타나베 가요코(渡辺佳代子) 씨 그리고 책 속의 표현과 내용에 많은 조언을 주신 에비네 이사오(海老根勳) 씨를 비롯한 친구 여러분, 정말 감사합니다. 깊이 감사드립니다.

2006년 뜨거운 여름, 8월 6일을 앞두고
이실근

본적: 조선 경상남도 의령군 의령면 대산리(朝鮮慶尙南道宜寧郡宜寧面大山里)

1929년 6월 22일 야마구치현 도요우라군 우츠이무라(山口県豊浦郡内日村) 출생

1945년 8월 7일 고베시 산노미야(神戸市三ノ宮)에서 귀가 중 히로시마시(広島市)에서 입시피폭(入市被爆)

1948년 9월 '조선중앙정치학원' 졸업

1975년 8월 2일 재일조선인피폭자로서 최초의 피폭자단체인 '히로시마현조선인피폭자협의회(広島県朝鮮人被爆者協議会)' 결성, 회장이 된다.

1977년 8월 히로시마에서 개최된 'NGO피폭문제국제심포지움(NGO被爆問題国際シンポジウム)'에서 조선인피폭자의 실정을 처음으로 호소해, 해외에 큰 반향을 불러일으켰다. 진정 피폭자는 조선인이라고 호소했다.

1978년 5월 '제1회 국련군축총회(第1回国連軍縮会議)'에 일본대표단 일행과 함께 참가, 뉴욕에서 고(故) 바바라 레이놀즈 여사를 비롯해 미국의 평화단체, 재미한국인 학생과 교류. 재일조선인으로서 처음으로 '조선적(朝鮮籍)'인 채 비자를 취득, 미국에 입국한

제1호가 된다.

1979년 7월 조선인피폭자의 첫 체험집 『하얀 저고리의 피폭자(白いチョ
ゴリの被爆者)』 간행.

1979년 8월 '나가사키현조선인피폭자협회(長崎県朝鮮人被爆者協会)'
결성.

1980년 8월 조선인피폭자의 첫 전국조직인 '재일조선인피폭자연락협의
회(在日朝鮮人被爆者連絡協議会)' 결성. 대표위원이 된다.

1982년 8월 일본피단협(日本被団協) '유럽의 여행(欧州の旅)'에 참가. 동
구(東欧)를 방문.

1983년 10월 '뜨거운 유럽의 반핵운동'과 교류하기 위해 구서독을 방문. 약
한 달간 강연 여행을 진행한다.

1984년 10월 미국 캘리포니아대학 로스앤젤레스교 UCLA 아시아, 아메
리카연구소의 초대로 방미(訪美). 약 일주일간 강연 활동. 샌프
란시스코에서 개최된 '전미방사능희생자전국대회(全米放射能犠
牲者全国大会)'에 참가. 일본 귀국 후 '세계핵피해자대회(世界核
被害者大会)'를 제안, 이듬해 히로시마에서 첫 '세계핵피해자대
회(世界核被害者大会)'가 개최된다.

1987년 8월 피폭자긴급어필(アピール)의 대표로 소비에트연방(현 러시
아) 방문. 소비에트정부 대표에게 핵폐절 요청문을 전달한다. 일
본 귀국 도중 평양 방문.

1988년 6월 제3회 국련군축총회에 참가. 국제회의에서 핵폐절을 호소
한다.

1989년 6월 북한에서 개최된 '제13회 세계청년학생평화우호제'에 '히로
시마 평화의 등불'을 들고 참가. 최초로 북한재조피폭자(在朝被

爆者) 10명을 찾아낸다.

1990년 4월~2004년 8월 '히로시마수도대학(広島修道大学)' 및 동대학
　　'단기대학부(短期大学部)' 비상근강사로 근무한다.

1990년 8월 북한재주피폭자(在住被爆者)의 방일(訪日)을 실현시킨다. 그
　　후 2000년까지 실수 8명이 방일.

1992년 6월 북한재주피폭자의 실태조사 수행을 위해 조사용지 1만 장을
　　작성해 전달한다.

1994년 3월 클린턴 · 미대통령에게 조선인피폭자에 대한 사죄와 구제를
　　요구하는 요청서를 보낸다.

1994년 5월 뉴욕 '국련인권위원회(현대노예제작업부회)'에서 최초로 조선
　　인피폭자의 구제를 호소, 국제적으로 큰 반향을 불러일으켰다.

1995년 2월 2일 북한에서 '반핵 · 평화를 위한 조선원폭피폭자협회'가 결
　　성된다.

1999년 8월 13일 약 한 달간 북한 평양에서 최초로 '원폭사진전' 개최.

2000년 2월 29일~3월 7일 북한 피폭자실 무대표단 일행이 내일(来日).
　　3월 1일, 국회 내 고(故) 오부치 게이조(小渕恵三) 내각총리대신
　　을 표경방문(表敬訪問).

2000년 6월 29일 '일본변호사연합회 인권옹호위원회'에 재조피폭자 구
　　제지원을 요청. 후에 재조피폭자 구제문제에 대한 조사연구가
　　개시된다.

2005년 6월 1일 한국 국회의원 회관에서 최초로 재조피폭자의 지원을
　　호소한다.

2006년 7월 자서전, 『프라이드-공생을 향한 길: 나와 히로시마(PRIDE
　　-共生への道-: 私とヒロシマ)』출판.

2008년 9월 히로시마현 의사단과 함께 북한 방문. 현지 의사와 함께 의견 교환.

2011년 3월 24일 국련을 방문. 반기문 사무총장에게 일본피단협의 핵무기폐절을 위한 요청문을 전달한다.

2011년 8월 1977년~2011년 8월까지 34년간 일본정부에 조선인피폭자 구제를 계속 요청해 왔다. 실수 15명의 총리대신과 21명의 관계대신에게 직접 요청했지만 아직도 '검토 중'이다.

2011년 10월 히로시마현의사단의 제3차 북한 방문 때 함께 동행, 이후 활동을 약속.

부록

히로시마현조선인피폭자협의회 40년사 연표
이실근의 생애와 히로시마조선인피폭자협의회 약사(略史)
이실근과 히로시마현조선인피폭자협의회 관련 참고문헌

양동숙
(오사카대학 인간과학연구과 외국인초빙연구원)

히로시마현조선인피폭자협의회 40년사 연표

1975. 8. 2. 히로시마현조선인피폭자협의회(이하 조피협) 결성.

1975. 11. 전시 하 조선인강제연행 고보 댐 조사 개시.

1976. 조선인피폭자 279 세대 방문, 생활상태 조사 발표.

1976. 원수금 주최, '히로시마를 생각하는 평화 강좌'에서 강연.

1976. 6.~1980. 5. 조선인피폭자 681명의 실태조사 실시, 후생노동성
　　　에 지원 요청.

1976. 8. 원수금 세계대회 조피협 최초 참가. 원수협 대회도 참가.

1976. 10. 조선인피폭자 실태 호소, 국제연합(이하 국련)에 평화 호소.

1976. 11. 재일조선인피폭자 12명 원폭수첩 신청.

1976. 11. 30. 조선인피폭자 13명에게 수첩교부.

19977. 4명 수첩교부 신청, 조피협 현재, 30명 수첩 취득.

1978. 3. 6. 손달수 부부, 조선인 피폭 사망자에게도 유족급여금 지급하
　　　라고 국가에 신청.

1978. 5. 1. 조선인피폭자의 국련 참가를 위한 여권 발행을 요구하는 서
　　　명운동 개시.

1978. 5. 11. 460명 서명 수합, 이실근 회장 법무성에 재입국 신청.

1978. 5. 17. 이실근 회장에게 피폭자 수첩교부.

1978. 5. 19. 조선인피폭자 2명에게 재입국허가, 뉴욕 국련 참가 예정.

1978. 8. 1. '피폭자로부터 요망을 듣는 모임'에 조피협 대표의 참여를 현
　　　과 시에 신청.

1978. 9. 13. 조피협이 조선인, 한국인 피폭자 206명의 실태 조사 결과를 발표.

1978. 10. 히로시마의 조선인피폭자 앙케이트 실시.

1979. 3. '피폭2세회' 결성을 위한 준비회.

1979. 3. 후생성의 피폭조선인 유족급여금 지불 청구각하, 민족차별이라 이의 신청.

1979. 4. 27. 유족원호법 적용요망.

1979. 4. 29. 피폭2세회 결성대회 개최.

1979. 6. 4.『하얀 저고리의 피폭자』출판.

1979. 11. 조선인피폭자의 일조 합동 실태조사 완료(히로시마 · 나가사키).

1979. 11. 7. 이실근 회장, 히로시마상공회에서 평화강연(130명 참석).

1979. 11. 19. 피폭조선인 구제 시급, 후생성에 요청.

1979. 11. 27. 아마가사키(尼崎)의 중학생 그룹, 조선인피폭자와 교류.

1979. 12. 22. 조선인피폭자 히로시마 · 나가사키 실태보고서 정리.

1980. 4. 조선인피폭자의 실태 해명, 12월 초 심포지움(원폭히로시마총합연구회).

1980. 7. 조선인피폭자 8월 5일 최초 전국 집회.

1980. 8. 8. 아마가사키의 11명, 조선인피폭자와 교류.

1980. 12. 16. 조피협 연좌농성.

1981. 7. 피폭조선인백서 제작, 남북에서 편집위원 구성.

1981. 피폭자 실태조사, 북한도 착수, 노동당 서기 표명.

1981. 9. 사회당 대표단 방북, 상세 파악을 요청.

1982. 3. 조선인피폭자 집회에 200명 참가.

1983. 10. 이실근 회장, 유럽 반핵운동 참가(독일 등 4개국 교류).

1983. 11. 이실근 귀국 보고.

1984. 10. 미국 대학 초빙으로 이실근 회장 도미, 18일 귀국 보고.

1986. 3. 9. 남북통일을 향한 핵 폐절, 히로시마에서 평화 심포.

1987. 8. 26. 이실근 회장, 북한에게 원폭피해자 실태파악 제기. 북한실
태 파악 약속.

1988. 1. 북한 원폭피해자 강팔석과 일본인 처 강옥희 부부가 이실근 회
장에게 구제 요청 하는 편지 도착.

1989. 6. 평양 제13회 '세계청년학생평화우호제', 북한 초청으로 '일본전
국피폭교사회' 회장과 이실근 회장 방북. 원폭피해자 10명과 만
나, 최초로 실태 확인.

1989. 7. 14. 북한 10명의 피폭자 교류.

1989. 11. 북한 피폭자로부터 도일 지원 치료 요청하는 7통의 편지 도착.

1990. 7. 민단, 북한 피폭자 지원을 수상에게 요청.

1990. 8. 1. 원수금 세계대회(45주년)에 최초 참가한 북한의 강병태, 북
한 피폭자로 판명.

1990. 8. 2. 원수금 세계대회(45주년) '조선평화옹호전국민족위원회' 참
가, 대표단 2명 중 1명이 북한 원폭피해자.

1991. 5. 북한, 새로운 26명의 피폭자 확인.

1991. 8. 원수금 세계대회(46주년) 조선평화옹호전국민족위원회 대표단
이 원수금국민회의 의장에게 북한 방문을 요청.

1991. 9. 히로시마 원수금, 재조피폭자를 지원, 도일치료와 실태조사.

1991. 9. 21. '일조피폭자회' 발족.

1992. 2. 조피협이 북한에 피폭자실태조사를 요청.

1992. 5. 원수금국민회의 방북단(10명 원폭피해자 포함) 결성, 북한에 최

초로 파견. 나가사키현 원수금이 조선인강제연행 명부를 제출하고, 북한원폭피해자의 조사를 의뢰. 이실근 회장이 피폭자 건강수첩 신청요지(한글번역) 1만 부를 전달하고, 실태조사를 요청, 원폭피해자 10명과 교류, 조선피폭자협회도 '공동코뮤니케' 발표.

1992. 6. 재조피폭자 2명 도일치료 결정.

1992. 8. 원수금 세계대회(47주년), 북한 원폭피해자 2명 참가. 그 중 한 명인 박문숙(나가사키 피폭자)가 일본 방문, 피폭자 건강수첩을 취득, 북한 원폭피해자로서 최초, 유일. 박문순은 현재, 북한조선인피폭자협회 부회장.

1993. 4. 북한 NPT 탈퇴로 심포지움 개최.

1994. 4. 조선인피폭자 이실근 회장, 국련 인권위에서 증언, 26일 국련 인권위에서 민족차별 발언, 조피협이 원폭피해 배상을 미국대통령에게 요구, 19일 미 대사관에 요망서 전달.

1994. 5. 국련에서 증언한 이실근 회장 귀국.

1994. 10. 이실근 회장, 전쟁책임 정부가 확실히 사죄하라고 주장.

1995. 2. 1. 북한에서 '반핵평화를위한조선피폭자협회'(이하 조선피폭자협회) 결성, 피폭자 실태조사에 착수.

1995. 8. 원수금세계대회(50주년), 북한대표단으로 조선피폭자협회대표를 파견, 일조피폭자 상호방문, 8월4일 북의 피폭자 273명이라 공표.

1995. 11. 조피협 최초 방북단.

1995. 11. 27. 귀국보고에서 북의 피폭자 298명이라 발표.

1996. 5. 조선피폭자협회 초대로 히로시마 원수금, 현피단협, 노조회의 등 방북(15명). 조선피폭자협회와 교류, 북한 원폭피해자 실태조

사(475명 생존 확인). 공동코뮤니케 발표. 방북단은 귀국 후 후생성, 외무성 방문, 재조피폭자의 원조·지원을 요청하지만 국교가 없다는 이유로 방기.

1997. 9.~10. 조선피폭자협회 대표단, 히로시마현원수금 초대로 히로시마·나가사키 방문. 원폭피해자 교류의 독자 목적으로 방일 개시. 2명의 북한 피폭자 참가. 하지만 재조피폭자 지원 문제의 전개는 여전히 방기.

1998. 9. 9. 조선적십자, 도일 피폭치료에 전향적 자세.

1998. 10. 7. 외무차관, 북한피폭자의 도일치료(인도적 관점에서 검토).

1999. 4. 히로시마현 총련 본부, 1세 체험담 수집.

1999. 5. 북한에서 250명의 북한 피폭자에게 증명서 교부.

1999. 5. 히로시마·나가사키 원수금 대표단이 사진전 협의를 위해 방북(4명), 나가사키 원수금 조선인강제연행의 추가명부 북한에 전달.

1999. 8. 13.~18. 평양 '원폭사진전' 개최, 사진전 개최를 위해 원수금대표단 방북(11명).

1999. 11. 북한, 의사피폭자 7일 방일 연수, 히로시마 관계자 환영, 북일 관계 개선의 일보.

2000. 2. 29. 히로시마에서 피폭의료의 연수, 북한대표단 도일.

2000. 3. 북한 피폭자지원, 초음파 장치를 히로시마 시민이 기증.

2000. 12. 일본 정부 북한 피폭자 조사, 내년 2월에도 의사 파견.

2001. 3. 재조피폭자 지원, 히로시마의 7개 단체 외무차관과 간담.

2001. 7. 조피협, 이실근 회장 방한.

2002. 2. 14. 북한 방문, 지원책 전달.

2002. 2. 25. 한국 단체와 공동으로 지원책 요망.

2002. 6. 23.~27. 일본변호사연합회(이하 일변연)의 변호사 방북, 이실 근 회장 동행, 재조피폭자 9명 인터뷰 실시.

2002. 6. 히로시마 방송관계(ＮＨＫ/中国新聞/朝日/每日/読売新聞)및 의료기술대표단 방북.

2002. 7. 16. 조선피폭자협회가 일변연에게 인권 구제신청 제출.

2005. 7. 14. 일변연, 재외피폭자 문제에 관한 의견서 발표.

2006. 원수금, 원폭피해자 문제 협의를 위한 방북 결정, 북 핵실험 개시 로 항의, 방북 연기.

2007. 6. 핵전쟁방지국제의사회의(IPPNW) 일본지부장(히로시마현의사 회 회장)과 IPPNW조사단 이 몽골IPPNW 북아시아지역회의에 서 모여 교류.

2007. 9. 북한비핵화협의 진행으로 원수금 방북. 원폭피해자(3명)과 인 터뷰 실시.

2007. 12. 12. '재조피폭자지원연락회(이하 지원연락회)' 결성(도쿄), 원 수금국민회의, 히로시마 원수금, 나가사키 원수금, 재일조선인 피폭자협의회, 피스보트 등이 결성.

2008. 4. 조선피폭자협회, '북한의 피폭자 사정에 대해서', '우리 국가의 원폭피해자 문제에 관한 조사보고서' 발표. 생존자 911명(2007 년 말 현재).

2008. 6. 지원연락회 방북단 재파견. 실태조사 내용 확인, 피폭자 인터뷰 실시, 이실근 회장과 조피협 김진호 이사 동행, 히로시마현의사 회의 이사 1명 평양에 선발대로 파견(2008. 6.21.~25.).

2008. 9. 10.~30. 히로시마현의사회의 1회 방북(9명), 조선피폭자협회,

'반핵평화를위한의사협회'와 교류, 김만유병원 시찰, 북한 원폭 피해자와 인터뷰.

2008. 9. 21. 원수금국민회의, 히로시마조피협, 후생노동 대신에게 재조 피폭자 건, 접수 신청.

2011. 10. 10.~15. 히로시마현의사회 2회 방북(10명), 동의사회 8명과 이 실근 회장, 김진호 이사 방북, 인터뷰 수행. 2012년 8월 히로시마 에서 개최 예정인 제20회 IPPNW세계대회 북한의 출석을 요청.

2012. 9. 8. 조피협 총회, 참가자 50명, 신임 역원 9명, 보도기관(RCC/NHK/中国新聞/毎日新聞/読売新聞 등).

2012. 11. 재조피폭자 지원을 위해 방북, 재조피폭자협회와 간친회, 피 폭자명부.

2013. 5. 31. '히로시마' 합동 간친회, 피폭단체 7~11명, 보도기관 2 0 명, 관계자 20명, 이실근 조피협 회장, 김진호 이사 참가.

2013. 7. 25.~30. 히로시마현 원수금 상임이사 가네코 데츠오(金子哲夫) 방북, 조선피폭자협회 계성훈 서기장과 협의.

2013. 8. 3. 가네코 데츠오 방북 보고와 금후 대책회의, 김진호 이사 참가.

2013. 8. 6. 아베총리와 피폭7단체 회합, 이실근 회장 참가.

2013. 8. 27.~9. 3. RCC 기자, 김송이, 방북 문제.

2013. 10. 10. 원수금 집회, 원수금 세계대회(8월) 총괄과 대책, 이실근 회장, 김진호 이사 참가.

2013. 10. 27. 한국 부산 동포 네트 34명 히로시마 방문(류광수 고문, 해설).

2013. 원수금 집회, 이실근 회장 참가.

2013. 11월 초 기후(岐阜) 초중학생 10명, 11월 20일 아이치(愛知) 중급부

학생 13명, 11월 27일 도쿄 중급부학생 30명, 이실근 회장 강연.

2013. 12. 5. 도시샤(同志社)대학, 이실근 회장 강연회, 교수, 학생, 매스컴, 약 50명 참석.

2013. 12. 5. 연합집회와 원폭돔 세계유산기념집회, 김진호 이사 등 참가.

2013. 12. 10.~11. 마이니치신문 본사 기자 히로시마 방문, 강주태, 이상만, 심우진, 김필순 취재.

이실근의 생애와 히로시마현조선인피폭자협의회 약사(略史)

1. 이실근의 조선인 원폭피해자운동의 의의

인류사를 1945년 8월 6일을 기점으로 BNW(before nuclear war, 핵전쟁 이전)와 NWE(the nuclear weapons era, 핵전쟁 시대)로 구분하고, 핵전쟁 시대의 개시야말로 인간멸종의 카운트다운의 시작이라 본 노암 촘스키의 말처럼, 히로시마와 나가사키에 투하된 원자폭탄의 성공적인 발포는 공포의 핵무기 시대의 서막을 알렸다. 히로시마와 나가사키의 원폭피해자는 45년 연말까지 약 23만 명이 사망했으며, 그 중 조선인은 약 4만 명에 이른다. 그리고 5년 이내에 그만큼의 사람들이 방사능 피폭의 후유증으로 사망했다. 생존자도 그 후 몇 년간 대부분이 사망했을 뿐만 아니라 원폭피해자의 후손까지 원폭피해는 건강에 심각한 피해를 끼쳤다.

조선인 원폭피해자는 이처럼 몇 만 명이 희생됐음에도, 피폭지인 일본 및 일본의 식민지 지배에서 해방된 조국에서 조차 오랫동안 방치됐으며, 원폭을 투하한 미국은 조선인 원폭피해자를 무시해왔다. 미국 측이 일관해서 유지해온 주장은 '원폭투하는 제2차 세계대전을 끝내고, 수십 만의 미군과 일본인의 생명을 구했다', '원폭투하가 야기한 공포가 이후 핵무기시대의 핵전쟁 억지에 기여해 결국 다른 사람의 생명도 구한 셈이다'라는 주장이다. 조선인 원폭피해자들은 미국에 보상을 촉구했지만 호소는 묵살되고 말았다.

일본정부는 원폭투하로 종결된 태평양전쟁의 계기를 제공한 나라임에도 원폭 '피해국'이며, '유일피폭국'이라는 인식을 바탕으로 전쟁책임을 회피하고 미국의 원폭투하를 비난하지 않았다. 이유는 첫째, 패전 후 일본이 친미국가가 되어 경제적으로 풍요를 누리고, 미국의 '핵우산' 하에서 평화를 구가한 탓이다. 둘째, 미국을 비판하면, 원폭투하 초래의 배경이 일본의 침략전쟁이라는 사실도 폭로되어, 일본의 전쟁책임론을 환기하는 결과가 될 우려가 있기 때문이다. 따라서 일본은 미국의 주장을 논박하지 않고 미국의 책임을 묻는 일을 차단했다. 그리고 한국인 원폭피해자가 청구하는 국가보상은 '한일협정으로 모든 해결이 끝났다'는 입장을 계속 취했다.

한편 한국정부는 냉전시대 미국이 일본을 거점으로 동아시아의 핵전략 태세를 구축한 이래로 미국의 '핵우산' 하에서 자국안보와 경제성장을 추구했다. 그런 가운데 원폭피해자 원호의 호소는 거의 힘을 갖지 못했고, 정부는 호소를 계속 무시했다. 한국인 원폭피해자는 자기 존재의 가시화·상황 타개를 위해 오랜 세월 계속 노력해왔다. 한일협정 직후인 1965부터 한일 양국 정부에 원호와 배상을 호소하기 시작했고, 72년부터는 일본 시민단체와 함께 일본정부에 대한 사죄와 배상을 요구하는 재판소송을 수행했으며, 일본의 식민지 지배와 전쟁책임 문제를 일본 사회에 제기해왔다. 하지만 한국정부는 원폭피해자의 이런 사회적 연대를 정치적 '위험'으로 보고, 끊임없이 규제하고 감시·통제했다. 그 결과 한국 원폭피해자운동은 서서히 비정치적인 '안전'한 방향으로 인도되었다. 한일 시민연대활동 또한 한국의 엄혹한 정치상황을 고려, 한국인 원폭피해자의 '안전'을 배려할 필요에서, 활동을 원호금 청구와 인도적 지원이라는 두 가지로 제한해갔다. 그러나 지원금 및 위로금 같은 일시적·임시적 조치는 한국 원폭피해자운동의 고립과 정치적 보수화를 초래한 하나의 요인이기도 했다. 이렇게 1970년대부터 80년대까지 한국 원폭피해자운동은 점차 힘을 잃어갔지만, 90년대 이후 다시 일본의 시민단체의 지원에 힘입어 재판을 통한 운동이 전개되었다.

그런데 이 새로운 운동이 일본의 식민지 지배와 전쟁책임을 고발하는 국가배상·피해보상 청구운동이 아니라 원폭피해자 건강수첩 지급과 관련한 일련의 행정조치를 둘러싼 차별시정 운동인 점을 간과할 수는 없다. 확실히 새로운 운동은 각종 재판에 승소하고 신풍을 일으켰다. 운동 관계자는 일련의 흐름 속에서 국가배상 청구를 향한 다음 단계로 나아가기를 목표로 했지만 반드시 의도대로 운동이 진전되지는 않았다. 운동은 한국정부에게 일본의 식민지 지배와 침략전쟁에 대한 공개적인 비판을 하라는 요구를 추구하기보다 일본인 원폭피해자에 대한 지원제도의 틀 안에서 한국인 원폭피해자도 포함하라는 요구를 일본정부에 제출했다. 오늘날 피폭자 건강수첩을 취득한 한국 원폭피해자는 누구라도 피해자 건강수당, 의료비 등을 일본정부에게서 받는다. 하지만 그것은 일본정부의 틀 안에 있는 사람만이 인정된다. 곧 일본정부는 전재자(戰災者) 전체에 수인(受忍)을 요구하고, 유일하게 원폭피해자만 예외로 만들어 원호대상으로 삼았다. 이는 일본의 식민지 지배와 침략전쟁 책임을 인정하지 않은 채, 특수한 피해자로 피폭을 특권화하면서, 이 문제가 표면화 하지 않도록 하여, 역사의 망각을 부추기고, 역사의 진실을 봉쇄하는 작용도 겸했다. 국가보상을 거부한 채, '국민기금'이라는 민간기금으로 대응해, 전 일본군 '위안부'에게 이중으로 상처를 입힌 문제와 동일한 문제가 존재하며, 이런 일본의 정치가 한국 원폭피해자운동에도 영향을 주고 있다.

일본의 조선인 원폭피해자 운동의 대표단체, 이실근 휘하 '히로시마현조선인피폭자협의회(이하 히로시마조피협)'는 상술한 한국인 원폭피해자 운동과는 대조적인 길을 걸어왔다. 이실근과 히로시마조피협은 조선인 원폭피해자 운동을 원호법의 차별시정 문제로만 한정하지 않고 일본제국주의 식민지 지배와 민족차별에 대한 비판적 관점을 시종일관 고수했다.

이실근은 일본의 원수폭 금지운동 · 원폭피해자 지원활동에서 재일 · 재외조선인 원폭피해자의 상황을 가시화해서, 명시한 선구자며, 게다가 세계를 향해 재일조선인의 시점에서 반핵을 발신하고, 일본의 패전 · 조국의 해방과 함께 민족의식에 눈뜬 후, 전후 재일조선인 운동의 리더가 된 인물이다. 한국전쟁 발발과 함께 미국의 한반도를 향한 핵폭탄 투하가 드러나면서 전 세계적으로 반전 · 반핵 · 평화운동의 열기가 고조되던 시기, 격렬한 민족운동 탄압의 와중에 체포되어, 형무소에서 8년간 수감생활을 보냈다. 이실근은 1975년 8월 2일, 히로시마조피협을 결성하고, 초대회장이 되었다. 이후 조선인 원폭피해자도 일본 제국주의 전쟁의 피해자로 자리매김하고, 일본을 향해 전쟁책임 · 국가배상(피해보상)청구운동을 전개했다.

2. 이실근과 히로시마조피협에 관한 연구현황

조선인 원폭피해자 관련 연구는 장시간 자신의 존재를 가시화하기 위

해 한일정부를 상대로 운동을 전개해온 조선인 원폭피해자 그리고 한일
양국의 시민사회단체의 연대운동에 힘입어 다양한 분야에서, 성과를 축
적시켜 왔다.

첫째, 1970년대~1980년대 중반까지 조선인 원폭피해자 연구는 한일
청구협상 후 손진두를 필두로 한 원폭피해자소송이 벌어지던 시기로, 실
태조사 중심의 연구가 다수였고, 르포 · 증언 · 현지조사 등의 연구방법
이 주를 이루었다. 내용은 조선인 원폭피해자의 의료문제와 생활문제를
어떻게 해결해야 하는가에 집중되었다.

『하얀 저고리의 피폭자(白いチョゴリの被爆者)』(1979).

일본에서는 조선인 원폭피해자의 곤경을 구체적으로 파헤치거나, 환
기하는 기사들이 여러 잡지에 실리는 등 한국보다 더 많은 관심을 보였
다. 그런데 이 시기 종래의 통계적 피해보고의 증언서술과는 차원이 다
른『하얀 저고리의 피폭자(白いチョゴリの被爆者)』(1979)가 이실근의
히로시마조피협에 의해 출간된다. 출판과정에서 히로시마 시민사회단체
및 저널리스트의 전폭적인 지원과 협력을 받은 이 책은 조선인의 체험을

피폭체험의 기록으로만 한정하지 않고, 식민지기 도일하거나 강제연행으로 일본에 와서 야만적 폭력과 비인간적 중노동에 시달리며, 민족차별이라는 이중·삼중의 고통을 당했던 조선인의 식민체험·민족차별의 역사와 관련시켰다. 일본제국주의 비판을 분명히 명시한 증언집으로 많은 사람의 심혼을 흔들며, 일본 원폭피해자운동 내에서도 큰 조명을 받은 조선인 원폭피해자운동의 획기적인 성과였다.

동 시기 또 다른 중요한 성과로 히로시마조피협의 조선인 원폭피해자 실태조사사업보고서를 들 수 있다. 이 조사는 히로시마 시내에 거주하는 조선인 원폭피해자(한국적을 포함) 1,900명 중 208명과 그 중 2명의 일본인 처를 대상으로 했다. 지역별 호별 방문에 의한 구술조사로 1977년 6월 1일~1978년 8월 31일까지 1년 2개월 동안 이루어졌고, 수행인원은 300명이 넘었다. 조사는 히로시마 소재 여러 대학과 저널리스트 등 히로시마 시민 모두의 협력을 받아 수행되었다. 일본정부도 외면한 조선인 원폭피해자의 실태를 전후 최초로 조선인이 일본시민과 협력해 대규모 실증조사로 완수해냈다.

히로시마조피협의 조선인 원폭피해자 실태조사의 성과는, 피폭의 실상을 국제적 차원에서 밝히고 핵무기 폐기와 피폭자 원호의 국제적 여론을 환기시키는 UN 비정부조직(NGO) 주최의 피폭문제 국제심포지움(1977.7.31. 히로시마)에서 빛을 발휘했다. 전후 일본의 역사 속에서 방치된 조선인 원폭피해자의 실태를, 참여한 해외대표조차 모르던 상황에서 이실근은 실태조사를 근거로 그들의 존재를 세계를 향해 처음으로 분명히 드러냈다. 게다가 1978년 5월 뉴욕의 UN본부에서 개최된 UN군축특별총회에 '핵무기 완전금지를 요청하는 일본국민대표단'의 옵저버로 이실근이 참가하는데, 재일조선인의 재입국허가가 불투명하고, 더구나

『전시하 히로시마현 고보댐, 조선인강제노동의 기록(戦時下広島県高暮ダムにおける: 朝鮮人強制労動の記録)』(1989).

해외여행의 자유가 엄격히 제약당하는 상황에서 그는 히로시마의 폭넓은 시민의 지지와 운동에 힘입어 전후 재일조선인 최초로 미국비자를 받아 UN을 방문했다. UN군축특별총회에서 독자적인 기자회견을 개최해 조선인 원폭피해자의 존재와 실태를 미국 내에 최초로 알려낸 성과를 거두기도 했다. 하지만 이런 일련의 히로시마조피협의 운동성과, 곧 세계평화운동에의 참여 및 공헌의 중요성은 지금까지 어떠한 주목도 받지 못한 채 자료로만 남아있는 실정이다.

둘째, 1980년대 중반~1990년대까지 조선인 원폭피해자 연구는 손진두 재판이 승소했지만 여전히 후생성 '통달 402호'의 적용으로 한국 원폭피해자의 원호가 제대로 실시되지 않자, 피해자들의 보상요구가 고조된 시기였다. 또한 보상청구운동을 계기로 일본의 전후책임 문제의식이 고양된 시기였다. 일본은 아시아 각국으로부터 전후보상 요구에 맞부딪힌다. 일본 정부를 상대로 전쟁 피해배상 요구재판이 시작되는데, 한국원폭피해자들도 소송에 동참한다.

일본에서는 한국 원폭피해자운동의 구체적 역사 및 일본 원폭피해자 원호행정체계에서 겪는 조선인 차별문제, 한국원폭피해자를 지원하는 일본시민단체의 소개 및 활동에 대한 깊은 학술연구들이 나왔으며, 피폭과 강제동원에 대한 일본정부의 책임을 묻는 자료집·연구서도 출간되었다. 한국원폭피해자운동이 이 시기 일본 시민단체의 지원을 받아 도일치료에 대응하며 '23억 달러 보상 청구운동'을 준비해갈 때, 이실근과 히로시마조피협은 1980년대 서유럽을 중심으로 흥기한 세계 반전·반핵·평화운동과 연대, 스위스, 서독 등에서 조선인의 원폭피해 실상을 알려나가며, 반핵·군축운동에 적극 참여하고, 그 활동의 성과를 보고서로 정리했다. 아울러 1990년대 초에는 남북원폭피해자 공동지원 및 반핵·반전·평화운동을 한국원폭피해자단체와 함께 수행했다. 히로시마현에 있는 고보댐 공사현장으로 강제연행된 조선인노동자를 위한 평화추모비 건설운동을 히로시마 시민들과 함께 전개하고, 일본의 식민지배·전쟁책임을 환기하며, 증언수집 및 조사 활동도 이루어냈다. 이실근은 히로시마에서 평화교육의 일환으로 수많은 강연과 강의를 했고, 그 성과의 일부를 자료집과 책으로 출간하기도 했다.

셋째, 2000년대 이후 조선인 원폭피해자 연구는 한국 원폭피해자 곽기훈이 일본에서 제소한 소위 '제2의 수첩재판'이 승소(2002)하면서, 한국 원폭피해자들이 한국에서 일본 원폭원호법의 적용을 받는 시기로 중요한 연구 성과들이 나왔다. 한편 일본정부에 대한 한국원폭피해자들의 소송이 잇따른 승소 판결을 받은 2000년대 중후반, 한국에서는 2011년 8월 헌법재판소가 원폭피해자에 대한 한국정부의 부작위(不作爲)가 위헌이라는 판결을 내리면서 원폭피해자 문제는 다시 부상하고 있다.

『프라이드 공생을 향한 길: 나와 히로시마
(PRIDE 共生への道: 私とヒロシマ)』(2006).

일본에서는 2000년대 이후 다양한 분야, 다양한 방법으로 조선인 원폭피해자 연구의 영역이 확장되는 추세다. 여기서 특히 주목되는 성과는 북일 원폭피해자운동의 교류 및 북한 원폭피해자의 실태조사이다. 이실근은 북한 방문 후 북한 원폭피해자 지원운동을 1990년대를 시작으로 2000년대 본격적으로 전개해 나간다. 그는 일본에서 북일 원폭피해자 교류운동 및 북한 원폭피해자 지원운동의 대명사로 불릴 정도로 이 부분에 많은 성과와 업적을 남겼다. 조선인 원폭피해자운동을 평생 전개해 온 이실근의 자서전 출간도 주목해야한다. 자서전은 조선인 원폭피해자운동사의 총결산을 의미하며, 조선인 원폭피해자의 세계평화운동가로서의 세계평화운동에의 기여와 공헌을 증언하는 중요한 성과이다.

이실근의 히로시마조피협의 운동사에 대한 연구는 앞으로 조선인 원폭피해자 운동의 전체상을 파악하기 위해서라도 보강이 꼭 필요한 연구과제다. 그리고 이 연구과제의 중요성은 다른 무엇보다, 한국의 원폭피해자운동 그리고 그들을 지원한 일본 시민사회 단체가 추구한 한국인 원폭피해자의 소송을 통한 행정조치 차별시정 운동이라는 제한된 길과는 다른 길을 걸어온 이실근(히로시마조피협)의 조선인 원폭피해자운동의 성격에서 찾을 수 있다.

3. 이실근과 히로시마조피협의 역사

1950년대 한국전쟁은 민중에게 비극을 안긴, 한반도 남북분단의 고착화로 귀결됐지만, 일본에 살았던 조선인에게도 민족운동에 대한 일본 정부의 공격, 비합법화와 지하활동, 조국해방의 염원을 담은 반전투쟁, 치열한 탄압을 받은 고난의 시대였다. 그 한가운데를 살았던 이실근은 자서전에도 그 시대의 일단을 쓰고 있다. 뿐만 아니라 그는 당시의 전단과 옥중에서 쓴 일기, 독서노트 등도 보존하고 있다. 이실근의 소장자료에서 히로시마조피협의 결성과 발전의 궤적을 살펴보겠다.

히로시마조피협은 이실근(히로시마조피협 초대 회장)에 의해 1975년 8월 2일 결성된다. 이실근의 인생에서 히로시마조피협의 결성은 1950년대 초기 국제반전투쟁의 연장선상에 있었다. 하지만 이실근이 옥중에 있던 50년대의 8년 동안, 조국과 일본의 정치상황은 크게 변한다. 한국전쟁은 53년 정전했지만 조국은 남북으로 분단된 상태로 고착되고, 일본에서는 55년 '조선총련'이 창립되어, 그때까지의 조련(朝連)·민전(民戰)시대에 일본공산당 아래에서 일본인과 함께 반전투쟁을 수행한 재일조선인의 다수가 조선총련에 가입한다. 또한 1954년 비키니 재해를 계기로 일거에 반핵운동이 고조되고, '일본원수폭금지협의회'가 결성되었

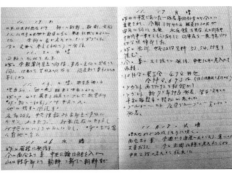

이실근의 옥중일기.

다. 하지만 미일 안보조약과 소련의 핵실험을 둘러싼 쟁점의 입장 차이로 60년대 초반 원수금운동은 분열하고, 마침내 공산당 계열의 '원수폭금지일본협의회(이하 원수협)'와 사회당계열의 '원수폭금지일본국민회의(이하 원수금)', 두 대중 단체로 분립된다. 냉전체제하에서 반핵평화운동의 고뇌는 깊었다. 그래도 60년대 일본에서는 한국과는 비교할 수 없을만큼 원수폭과 피폭자 원호문제가 사회적으로 큰 주목을 받았다. 한국사회는 한국전쟁 후의 무수한 전쟁 피해자, 전상자가 넘치고 한미 정부의 핵안보 전략을 기초로 하는 무관용인 반공국가 체제가 구축된 시기이며 원폭피해 문제는 큰 문제로서 인지되지 못한 시기였다. 반면 일본은 60년대 베트남전을 계기로 반전평화 운동도 고조되면서 한일조약을계기로 출입국 관리체제 반대운동, 재일조선인 차별철폐운동 같은 다양한 사회운동이 고양된 시기였다. 히로시마 원폭 돔 보존 활동과 원폭피재백서 조성 등 원폭 관련 기록보존 및 복원활동이 한창이던 시기였다. 이실근은 이런 흐름 속에서 130명의 원폭피해자가 결집한 가운데 조피협을 결성했다. 원폭피해자 원호정책의 측면에서도 시혜적 원폭2법뿐만 아니라 국가보상에 근거한 원폭피폭자 원호법 제정을 강력히 요구하던 시대였다.

히로시마조피협은 원수금과 연계해, 활발한 운동을 전개해왔다. 주요한 활동은 다음과 같다. 1975년 미국의 한반도에 대한 핵무기 사용에 반대하는 히로시마—구레 해상시위, 1975년 8월~1977년까지 실시된 히로시마 조선인 원폭피해자의 최초의 실태조사, 1977년 8월 히로시마에서 개최된 'NGO피폭문제 국제심포지엄' 실행 그리고 이실근은 재일 조선인으로는 최초로 미국 비자를 받아 1978년 제1회 '뉴욕 유엔 군축총회'에 참가해, 전 세계 사람들을 향해 조선인 원폭피해자 문제를 발신했다. 게다가 히로시마 조선인 원폭피해자 증언 채록, 출판 · 교육 운동을 하고, 1980년대 스위스 제네바, 뉴욕, 독일 등에서 고양되던 세계 반핵평화운동에 참여했다. 또한 1989년 이후 북한 원폭피해자 지원운동 및 북—일 원폭피해자 교류운동, 남북 원폭피해자 공동연대 활동 등을 수행했다.

히로시마조피협 활동 중 북한 원폭피해자 지원과 북—일 원폭피해자 교류는 특기할 만하다. 일본정부는 북한 원폭피해자의 존재를 인식하지 않고 '국교가 없다'는 이유로 그동안 어떠한 대책도 취하지 않았고, 인도적 입장에 서지 않았다. 그동안 북한의 원폭피해자 지원활동은 '재조피폭자지원연락회'와 '히로시마현의사회' 등 민간지원 단체들이 도모해왔을 뿐이다. 일찍이 1949년 개최된 '세계평화옹호대회'를 계기로 북한은 '조선평화옹호전국민족위원회(위원장, 한설야)'를 결성해, 북일 간 평화운동단체(또는 조직)의 교류를 추진하고, 재일조선인운동에 힘입어 북일인민연대를 실현했다. 이른바 오야마 사절단, 구로다 방북단으로 상징되는 북—일 간 최초만남이자 민간차원의 북—일 교류의 시작 이래로 북—일 평화운동단체(또는 조직)의 교류는 이후 국제정세 변화의 영향으로 난관에 직면하기도 했지만, 꾸준한 교류가 계속되었다. 그런 북일평화운동 교류의 한축이 재일조선인, 이실근이었다.

한편 이실근은 1979년부터 현재까지 매년 8월 6일, 30년 이상 개최해 온 '원폭피해자 대표에게 요망을 듣는 모임'에 참석해왔다. 일본 수상을 비롯해, 정부 관료가 참석하는 이 모임에서 이실근은 조선인 원폭피해자 뿐만 아니라 재외 원폭피해자 문제 전체의 해결 과제를 일본 정부에 건의해 왔다.

이실근 소장자료를 토대로 히로시마조피협이 전개한 운동의 여러 모습을 살펴보면, 한국 원폭피해자 운동과 대조적인 특징이 보인다. 전술했듯이, 한국 원폭피해자운동은 당초, 일제강점과 일본의 전쟁책임을 고발하고 국가보상을 청구하는 정치적 입장이나 사상을 표명했다. 하지만 일련의 '수첩재판'의 승소와 일본의 피폭자 원호제도의 편입 과정에서 점차 정치성을 잃고 반핵·평화운동 사상에서 멀어지는 경향이 있었다. 이와는 대조적으로 히로시마조피협은 일본의 식민지 지배·전쟁책임을 일관되게 묻고 다른 동아시아의 전쟁 피해자와의 연대를 중시하고 일본정부에게 보상을 요구했다. 또 조선인 원폭피해자를 재외 원폭피해자 모두의 문제와 연관 짓고, 전 세계 반전·반핵·평화운동 안에 자리매김 하고자 했다. 오늘날 한국 원폭피해자는 일본의 지원제도에 편입해, 일본인 원폭피해자와의 동화를 스스로 요구하는 경향이 있다고 해도 과언이 아닌 상황이다. 하지만 히로시마조피협은 조선인 원폭피해자, 자신의 정체성을 중시하는 사상과 정치성을 견지하고 있다. 이는 한국 원폭피해자운동이 그 문제를 소홀히 한 채 걸어온 데에 하나의 성찰점을 던져준다.

이실근과 히로시마현조선인피폭자협의회 관련 참고문헌

일본어 논문

李実根 (1978), 「朝鮮人被爆者の実態, 忘れられた人たち」, 『人権と民族』 11.

李実根 (1984), 「歴史的反省踏まえた西独平和運動」, 『ヨーロッパ反核83秋-84春: ヨーロッパ反核運動から何を学ぶか?』.

李実根 (2002), 「在日朝鮮人被爆者として生きる」, 『仲間声ひと』.

李実根 (2006a), 「在朝被爆者問題これまでの経緯と今後の問題について」, 『シンポジウム 在外被爆者問題を考える: 被爆60年の到達点と残された課題』.

市場淳子 (2008), 「日本の排外主義と闘う在外被爆者たち」, 『戦争と性』 2.

阿知良洋平 (2012), 「朝鮮人被爆者問題にみる加害者の後悔・欺瞞・責任: 岡まさはる記念長崎平和資料館設立までの運動にみる戦争と地域生活の理解」, 『社会教育研究』 30.

安錦珠 (2011), 「在日一世女性の高齢福祉問題を生活史から読み解く: 広島市西区福島地区の通所施設利用者を事例として」, 『コリアコミュニティ』 2.

伊藤泰郎 (2008), 「朝鮮人被差別部落への移住過程: 広島市の地区を事例として」, 『部落解放研究』 14.

上原敏子 (1971), 「在広朝鮮人被爆者についての一考察」, 『芸備地方史研究会』 90.

上原敏子 (1972), 「在広朝鮮人被爆者の現況」, 『芸備地方史研究会』 91.

上原敏子 (1978), 「広島の朝鮮人被爆者: 消えた相生通り」, 『季刊 三千里』 15.

鎌田定夫 (1978), 「広島・長崎における外国人の被爆」, 『平和文化研究会』 創刊号.

川口隆行 (2014), 「「われらの詩」と朝鮮戦争」, 『日本学報』 33.

川口隆行 (2003), 「朝鮮人被爆者を巡る言説の諸相: 一九七〇年前後の光景」, 『プロブレマティーク, 文学・教育』 4.

黒川伊織 (2009), 「日本共産党「50年分裂」と在日朝鮮人: 広島の事例」, 『青丘文庫月報』 236.

小寺 初世子 (1972), 「朝鮮人被爆者の法的地位」, 『広島女子大学文学部紀要』 7.

小寺 初世子 (1979),「在日外国人(在広朝鮮人・韓国人)被爆者の核意識」,『広島女子大学文学部紀要』14.

小寺 初世子 (1979),「朝鮮人・韓国人被爆者の核意識: ひとつの試み」,『世界』408.

崔鳳原 他 (1972),「広島の被爆朝鮮人の証言―いまだ「被爆者」にさえなれない人たち」,『潮』2.

崔明淑・三井沙織・福岡安則 (2010),「被爆体験の語りとして生きる: 広島在住のあるハルモニの語り」,『日本アジア研究』7.

直野章子 (2009),「被爆を語る言葉の行間: 被爆者の誕生と「被爆体験記」の始まりから」,『フォーラム現代社会学』8.

中島竜美 (1974),「朝鮮人は被爆者ではないのか」,『朝日ジャーナル』1616.

中島竜美 (1988),「「朝鮮人被爆」の歴史的意味と日本の戦後責任」,『在韓被爆者を考える』, 凱風社.

中塚明 (1978),「朝鮮人被爆者の問題」,『歴史評論』336.

成澤宗男 (2010),「朝鮮人被爆者が問う「100年の加害」: 植民地化がもたらした「生き地獄」,『金曜日』18(31).

日本ジャーナリスト会議広島支部編集委員会 (1978),「朝被協代表を国連軍縮特別総会の場へ」,『広島ジャーナリスト』78, JCJ広島支部事務局.

根本雅也 (2006),「広島の戦後三〇年間にみる原爆被害の表象と実践」, 一橋大学社会学研究科修士論文.

朴寿南 (1967),「奪われた朝鮮人被爆者の人間性: 被爆者調査に欠落したもの」,『朝日ジャーナル』9(49).

本庄十喜 (2013),「日本社会の戦後補償運動と「加害者認識」の形成過程: 広島における朝鮮人被爆者の「掘り起し」活動を中心に」,『歴史評論』761.

本田邦広 (1971),「朝鮮人被爆者は無視されている:「二重のケロイド」の痛み」,『エコノミスト』49(36).

松永英美 (1972),「広島へ逆流する朝鮮人被爆者: なぜ孫振斗さんは「密航」してきたか」,『潮』7.

本岡拓哉 (2009),「戦後都市における「不法占拠」地区の消滅過程に関する地理学的研究」, 大阪市立大学博士論文.

일본어 저서 및 자료집

李実根 (1990), 『アンニョンハシムニカ李さん』, 感想文編纂委員会.

李実根 (2006), 『PRIDE 共生への道: 私とヒロシマ』, 汐文社.

市場淳子 (2000), 『ヒロシマを持ちかえった人々:「韓国の広島」はなぜ生まれたの
　　か』, 凱風社.

伊藤孝司著 鎌田定夫解説 (1987), 『原爆棄民写真記録: 韓国・朝鮮人被爆者の証言』,
　　ほるぷ出版.

伊藤孝司 (2010), 『ヒロシマ・ピョンヤン: 棄てられた被爆者』, 風媒社.

鎌田定夫 編 (1982), 『被爆朝鮮・韓国人の証言』, 朝日新聞社.

全国在日朝鮮人教育研究協議会・広島 (1989), 『資料韓国人原爆犠牲者慰霊碑』, ピ
　　カ資料研究所.

原水爆禁止日本国民会議 (2009), 『放置された在朝被爆者: 現状と課題』, 原水爆禁止
　　日本国民会議.

原爆体験を伝える会 (1975), 『原爆から原発まで: 核セミナーの記録 (上)』, 柏心社.

県北の現代史を調べる会編 (1989), 『戦時下広島県高暮ダムにおける: 朝鮮人強制
　　労動の記録』, 三次地方史研究会.

椎名麻紗枝 (1985), 『原爆犯罪: 被爆者はなぜ放置されたか』, 大月書店.

朱碩 (1990), 『被爆朝鮮人教師の戦後誌』, 明石書店.

朝鮮人強制連行真相調査団編著 (2001), 『朝鮮人強制連行調査の記録: 中国編』, 柏書房.

日本弁護士連合会 (2006), 『シンポジウム 在外被爆者問題を考える: 被爆60年の到
　　達点と残された課題』.

朴寿南 (1969), 『ききがきより, ドキュメント日本人 8』, 学芸書林.

朴寿南 (1973), 『朝鮮・ヒロシマ・半日本人: わたしの旅の記録』, 三省堂.

朴寿南 (1982), 『もうひとつのヒロシマ朝鮮人韓国人被爆者の証言』, 茅ケ崎舎廊房
　　出版部.

平岡敬 (1972), 『偏見と差別: ヒロシマそして被爆朝鮮人』, 未来社.

平岡敬 (1996), 『希望のヒロシマ: 市長はうったえる』, 岩波書店.

平岡敬 (2011), 『時代と記憶: メディア・朝鮮・ヒロシマ』, 影書房.

平野伸人 (2009), 『海の向こうの被爆者たち: 在外被爆者問題の理解のために』, 八月

書店.

広島記者団被爆二世刊行委員会編 (1972), 『被爆二世』, 時事通信社.

広島県朝鮮人被爆者協議会編 (1979), 『白いチョゴリの被爆者』, 労働旬報社.

広島大学文書館 (2005), 『平岡敬関係文書目録第1集韓国人・朝鮮人被爆者問題関係
　　　史料――広島大学特定課題プロジェクト研究課題: 被爆韓国人・朝鮮人と
　　　広島の平和行政に関する資料の整理と分析[含平岡敬氏略歴]』, 広島大学
　　　平和科学研究センター.

広島長崎朝鮮人被爆者実態調査団 (1979), 『朝鮮人被爆者の実態報告書』, 広島長崎朝
　　　鮮人被爆者実態調査団事務局.

広島の強制連行を調査する会 (1992), 『地下壕に埋もれた朝鮮人強制労働』, 明石書店.

深川宗俊 (1974), 『鎮魂の海峡』, 現代史出版会.

山代巴 編 (1965), 『この世界の片隅で』, 岩波新書.

한국어 논문 및 저서

권혁태 (2009), 「히로시마/나가사키의 기억과 「유일피폭국」의 언설」, 『일본비평』 1,
　　　서울대일본연구소.

김기진 (2012), 『원자폭탄, 1945년 히로시마 …2013년 합천』, 선인.

김승은 (2012), 「재한(在韓)원폭피해자 문제에 대한 한일 양국의 인식과 교섭태도
　　　(1965-1980)」, 『아세아연구』 55(2).

김형률 (2008), 『삶은 계속되어야 한다―원폭 2세 환우 김형률 평전』, 휴머니스트.

김형률 지음, 아오야기 준이치 편, (2015), 『나는 反核人權에 목숨을 걸었다』, 행복한
　　　책읽기.

대일항쟁기동원피해조사및국외동원희생자등지원위원회 (2011), 『히로시마・나가사
　　　키 조선인 원폭피해에 대한 진상조사: 동원된 조선인 노무자를 중심으로』,
　　　위원회진상조사보고서.

오은정 (2013), 『한국 원폭피해자의 일본 히바쿠샤(被爆者) 되기: 피폭자 범주의 경계
　　　설정과 통제에서 과학・정치・관료제의 상호작용』, 서울대학인류학과박사
　　　논문.

이지영 (2012), 「한인원폭피해자문제 관련 연구와 자료현황」, 『일본공간』 12.

정근식 편 (2005), 『고통의 역사―원폭의 기억과 증언』, 선인.

한국원폭피해자협회 (2011), 『한국원폭피해자 65년사』, 한국원폭피해자협회.

허광무 (2011), 「전시기 조선인 노무자 강제동원과 원폭피해: 히로시마 나가사키의 지역적 특징을 중심으로」, 『한일민족문제연구』.

市場淳子 (2003), 『한국의 히로시마: 20세기 백년의 분노, 한국인원폭피해자들은 누구인가』, 역사비평사.

水本和美 (2005), 「히로시마의 과제: 평화운동에서 평화구축으로」, 『인문사회과학연구』 12.

豊永惠三郎 (2012), 「히로시마의 재한 원폭피해자 운동」, 『한국인 원폭피해자 소송의 역사적 의의와 남겨진 과제』(국사편찬위 자료집).

영어 저서

Yoneyama, Lisa (1999), *Hiroshima Traces: Time, Space, and the Dialectics of Memory*, University of California Press: California.